Bon voyage intérieur !

Le voyage d'Ayrus

Martin Moisan

Le voyage d'Ayrus

Éditions Dakyil

Illustration de la page couverture : Suzanne Gagné

Éditions Dakyil
info@martinmoisan.com

ISBN : 978-2-9813012-0-8
Deuxième édition revue et corrigée

Dépôt légal : 2ᵉ trimestre 2012
Bibliothèque et Archives nationale du Québec
Bibliothèque et Archives Canada

Imprimé au Canada

Remerciements

À cette famille qui m'a accueilli :
Fernando, Noëlline, Sylvain, Line et Christian

Au pays des clowns

À Yueliang

« Autrefois, je rêvais ma vie,
mais maintenant je vis mes rêves. »

Pierre Givrac

Avant-propos

Le texte de ce livre est né au cours d'une année sabbatique. Je ressentais alors un grand besoin d'introspection pour donner une ligne directrice à ma vie. Il me fallait créer une histoire pour m'aider à retrouver une Lumière au-delà de ma composante humaine.

Le soutien que m'a procuré la création de ce livre dans mon cheminement personnel est inestimable. Il fut parfois une bouée de sauvetage venant à ma rescousse lors de moments difficiles.

Ce livre parle de la vie, de la mort, et certains passages font allusion à l'existence de vies passées. Il ne se veut le porte-parole d'aucune philosophie ou religion. Seule lui est reliée une énergie universelle.

Bonne lecture !

L'auteur

Ayrus

Dans une zone de l'espace sidéral, celui affublé de plusieurs noms convoqua une assemblée et des êtres lumineux se réunirent selon sa directive.

Certains l'appelaient le Créateur ou le Père Céleste. D'autres lui donnèrent le nom de Soleil Central. Une vieille tradition sur la planète Gaïa l'identifiait comme le Grand Esprit. D'autres encore prétendaient qu'il était Dieu.

C'est ainsi qu'à travers les âges et les millénaires, différents vocables furent utilisés pour le désigner. Sans jamais faiblir, il sut émaner la Lumière en toute chose, et ce depuis le début des temps.

Une urgence le motiva à réunir la troupe qui le suivait. D'un ton empreint d'une forte résonance, il dit :
« Mes chers Enfants, une planète est actuellement en danger et traverse une période cruciale. Il s'agit de Gaïa la Terre. Un désordre important y règne car ceux et celles qui l'habitent ont de la difficulté à retrouver leur nature divine. J'aimerais savoir qui d'entre vous se sent appelé à partir en mission sur Gaïa ? »

Dans l'assemblée, on n'entendait que le silence. Chaque syllabe prononcée par l'orateur vibrait intensément en chacun. La portée sonore des mots se répercutait dans toute l'immensité des galaxies.

L'un des auditeurs se nommait Ayrus. Il appartenait à la famille des étoiles solaires. Sa plus grande passion était celle d'entendre les paroles du Père, ce qui l'amenait chaque fois dans une écoute fusionnelle. En tout temps pouvait ainsi s'effectuer une communication par une ligne télépathique facilement audible.

Lorsqu'Ayrus entendit la question, une vigoureuse décharge électrique provoqua de façon subite une exaltation très joyeuse. Sans réfléchir davantage, il répondit spontanément : « Moi ! ! »

Tous se retournèrent dans sa direction. Ayrus n'avait nullement pris la peine de peser le pour et le contre de cette aventure, seul s'était exprimé un intense courant d'énergie. Il aimait tant les voyages et découvrir de nouveaux endroits encore inexplorés. Une fois de plus, ce vagabond de l'espace ressentait un appel voulant le propulser ailleurs.

Le Père Céleste, qui connaissait intimement chacun de ses Enfants, savait avec précision lesquels devaient se rendre sur la planète Gaïa.

« Tu as bien répondu, dit-il. Viens me rencontrer une fois ce rassemblement terminé. »

Fou de joie, Ayrus virevoltait sur lui-même et tout son être se secouait au rythme d'une grande effervescence.

La réunion se poursuivit et d'autres répondirent par l'affirmative. À tour de rôle, chacun prit note d'un moment assigné pour un entretien avec le Très-Haut. Puis, au son d'une cloche signifiant la fin du regroupement, Ayrus se présenta seul tel que demandé.

« J'ai des choses à te dire concernant ton prochain départ », dit le Père Céleste.

Après une légère pause, ce dernier continua :
— Écoute bien. Tu as besoin de Gaïa comme Gaïa a besoin de toi. Ce n'est pas la première fois que tu te diriges vers cette planète.
— Ah non ? dit Ayrus, en sursautant.

— Tu y es allé plusieurs fois sauf que tu n'en as plus la mémoire. Lorsqu'un être termine son séjour sur Gaïa, son esprit revient vers la Lumière. Mais avant de venir me rejoindre et d'arriver où nous sommes en ce moment, il faut traverser une zone, que l'on appelle la zone de l'oubli, et c'est là où tu as laissé toutes les vies que tu as vécues sur Gaïa.

La fébrilité habitant Ayrus se voyait maintenant teintée de questionnements :
— En me rendant là-bas, est-ce que je vais devoir retraverser cette zone ? demanda-t-il.
— Tout à fait. Ce qui veut dire que tu vas reprendre contact avec le bagage de tes vies passées. En plus, cela te fera oublier tes origines.
— Mes origines ?
— Oui, car la zone de l'oubli te couvrira de densités et de lourdeurs. En arrivant sur Gaïa, tu ne te souviendras plus de ce lien qui nous unit.

Bouleversé, Ayrus n'arrivait à percevoir qu'un non-sens à ces paroles. Il exprima sa profonde incompréhension :
— Mais Père, c'est impossible que je t'oublie !
— Ta foi te sera très utile. Ce passage sur Gaïa t'amènera à vivre une période de grande noirceur. Mais si tu sais rétablir l'ordre à l'intérieur de toi, tu renaîtras à la Lumière et à nouveau tu entendras ma voix.

Ayrus ne savait que dire. Le Créateur poursuivit :
« Où que tu sois, je serai toujours avec toi… Allez, va, il te faut maintenant rencontrer le coordonnateur. »

Bien que dans un apparent désarroi, celui venu pour cette discussion salua divinement le Père Céleste et le remercia de l'avoir accueilli. Mais dans quelle galère s'était-il embarqué ?

Il alla donc voir le coordonnateur. Ainsi l'exigeait la procédure avant chaque départ qu'importe la destination choisie.

— Je viens sur l'ordre du Père, dit Ayrus.

— Je t'attendais, mentionna son vis-à-vis. Mon rôle est d'organiser ton passage sur Gaïa pour que tu puisses accomplir ta mission. J'ai relevé les étapes essentielles que tu devras traverser. Il m'a fallu entrer en contact avec une multitude d'âmes, certaines étant déjà sur Gaïa, et d'autres toujours parmi nous. Des rendez-vous ont été pris. Ces âmes se présenteront à toi au cours de ton existence sur Gaïa et si tu sais bien percevoir ce qu'elles viennent t'enseigner, même dans les moments les plus difficiles, elles t'aideront à nous retrouver.

— Et qu'arrivera-t-il si je manque un rendez-vous ? demanda Ayrus.

— En effet, il est possible que toi ou d'autres ne soyez pas à l'endroit prévu, mais ne t'inquiète pas : le Père et moi veillerons au grain, et si nécessaire nous tenterons d'organiser autre chose, dit le coordonnateur.

Ayrus le remercia et dans un respect mutuel, ils se saluèrent.

À la sortie de cette rencontre, des notes de musique se firent entendre. Plusieurs instruments aux sonorités différentes s'exprimaient joyeusement. Une exclamation s'éleva au milieu de l'orchestre :

— Ayrus est là !

— Viens cher ami, nous avons organisé une célébration en ton honneur ! continua un autre.

— Pour moi ? dit Ayrus.

— Oui, pour toi ! Nous savons que tu pars très bientôt pour un grand voyage et nous désirons t'honorer pour cette décision que tu as prise.

Dans un élan de convergence, tous les membres présents se mirent à applaudir chaudement et le félicitèrent. Visiblement ému, Ayrus percevait maintenant cette nouvelle aventure comme un réel privilège.

Un peu plus tard, dans les hautes sphères du cosmos, une voix remplie de sagesse retentit :

— L'heure est venue, dit le Père Céleste.

— Je suis prêt ! affirma Ayrus.

— En toi brûle une flamme éternelle qui nous unit. Qu'importe les ténèbres qui se présenteront, garde toujours cette flamme allumée et ainsi je serai à tes côtés.

— Promis.

— J'ai demandé à quelques-uns de tes amis de t'accompagner jusqu'à la planète Gaïa, tu en auras besoin. Que s'accomplisse maintenant ce qui a été écrit dans le Grand Livre de la vie. Va mon Fils, sois béni.

Ayrus garda précieusement ces dernières paroles en lui. Totalement imprégné de la présence du Créateur, il quitta avec une assurance victorieuse.

En direction de Gaïa

Ayrus prit son envol, escorté par huit anges provenant d'une région sidérale très lumineuse. On les reconnaissait par leur type d'aile finement taillée et d'un blanc immaculé. Ils devaient s'assurer que leur compatriote se rende bien jusqu'à Gaïa la Terre.

Le début du périple se déroula sans incident et la communication entre tous les membres de l'équipage s'effectua parfaitement. Ayrus garda un contact direct avec le Père Céleste même s'il s'en éloignait. Nulle distance physique ne pouvait les séparer.

Muni d'une confiance inébranlable, l'heureux voyageur savourait pleinement cette escapade. Tour à tour se succédèrent plusieurs planètes. Ayrus voulut s'arrêter sur l'une d'entre elles, attiré par l'orange couleur d'une surface ronde, mais l'ange Taziel le lui interdit et le rappela à l'ordre. La destination n'était que Gaïa, nulle autre. Il s'en accommoda facilement et poursuivit sa route.

Après avoir traversé douze galaxies et vu des millions d'étoiles, ils arrivèrent près d'un soleil, celui rayonnant sur la Terre à plus de cent cinquante millions de kilomètres. Ayrus demanda aux anges la permission de s'entretenir quelques instants avec l'astre solaire, ce qui lui fut accordé. Il s'en approcha et dit :
— Bonjour à toi, cher ami !
— Je suppose que tu es Ayrus ? dit le soleil.
— Mais comment le sais-tu ?
— Le Père m'a annoncé que tu me rendrais visite et je t'ai senti venir. Tes ondes vibrent à la même fréquence que les miennes. Savais-tu que nous sommes de la même famille ?
— Oui, tout comme toi, je suis de la famille des étoiles solaires.
— Tu fais route en direction de la Terre ?

— En effet, des compagnons m'y amènent et j'y séjournerai pour un temps.

— Quand tu apercevras mes contours au loin, rappelle-toi que nous portons la même Lumière. Il m'arrivera de te parler; sache bien m'écouter.

— Je me nourrirai sagement de tes paroles, dit le voyageur cosmique.

Immédiatement après cette rencontre, Ayrus amorça le dernier droit vers la planète désignée. À mi-chemin entre le soleil et la Terre, il ressentit une étrange impression de lourdeur et questionna l'ange Cafixel sur cet inconfort.

— C'est le début de la zone de l'oubli, répondit ce dernier.

— Hum… bizarre, fit Ayrus.

Il continua son chemin en essayant d'oublier les sensations de pesanteur. Malgré une certaine anxiété, Ayrus resta avec la conviction qu'il traverserait cette zone sans trop de dommages.

Cependant, plus il s'approchait de la Terre, plus le phénomène d'alourdissement s'amplifiait avec pour conséquence une accentuation de son malaise. Une certaine confusion embrouillait sa clarté d'esprit habituelle et la communication avec le Père Céleste ne se voulait plus aussi précise qu'auparavant.

— Est-ce l'effet de la zone de l'oubli? demanda-t-il, inquiet.

— Oui, elle t'affecte de plus en plus, dit à nouveau Cafixel.

Le contact ne s'effectuait maintenant qu'avec trois de ses accompagnateurs alors que les autres demeuraient sans réponse audible. L'avancement en direction de la Terre amenait une sorte de débalancement visqueux et un manque évident de fluidité. Des morceaux d'énergies gluantes se collaient à sa surface et le prenaient pour cible.

— Mais que se passe-t-il? demanda Ayrus, plutôt affolé.

— Le Père t'a mentionné que plusieurs fois dans le passé tu es allé sur Gaïa. En traversant la zone de l'oubli, tu récupères les enveloppes de toutes les vies que tu y as vécues et ton système les réabsorbe en ce moment, entendit-il.

Ayrus se rappela cette rencontre avec le Créateur juste avant de quitter la ceinture de la Luminescence Absolue. En effet, il fut bien averti. Était-il en mesure d'éviter l'amnésie totale alors qu'une brume épaisse continuait de s'infiltrer insidieusement en lui?

À peine quelques minutes plus tard, l'ange Taziel dit:

— Nous sommes presque arrivés!

— Mais... mais... qu'est-ce que cette forme, là-bas? demanda Ayrus.

— C'est le corps humain de celle qui te permettra de naître sur Gaïa... Viens, il faut s'approcher.

Tous allèrent plus près et rôdèrent autour de la jeune femme. Elle n'avait que vingt-trois ans mais déjà elle assumait son rôle de mère. Un charmant petit garçon qui venait tout juste de célébrer son troisième anniversaire marchait à ses côtés.

— Qui est cet enfant? interrogea Ayrus.

— C'est ton frère de sang, répondit l'ange Cafixel.

— Mon frère de sang?

— Oui, il est né de celle qui t'enfantera... Dis-moi ce que tu ressens en ce moment.

— Je ne sais pas pourquoi, mais je me sens attiré vers le ventre de cette femme... C'est comme si... comme si j'étais à l'intérieur de ce ventre et en même temps ici... je ne comprends pas vraiment.

— Elle est enceinte d'environ deux mois et le fœtus qui prend forme à l'intérieur d'elle, c'est le véhicule physique qui sera le tien et qui te permettra de vivre ton passage sur Terre, poursuivit Cafixel.

L'élan de conquérant d'Ayrus fut nettement ralenti. Il se sentait de plus en plus hésitant à poursuivre son aventure. Même qu'il eut envie de rebrousser chemin :
« Pourquoi aller plus loin ? J'étais si bien auprès du Père », se dit-il.

Ayrus tenta ainsi à plusieurs reprises d'émettre un signal et de reprendre contact avec le Très-Haut pour lui demander de retourner au bercail. Des interférences majeures perturbaient cependant les ondes. Il ne perçut aucune réponse à l'envoi de ses messages.

Quelques semaines passèrent et le ventre de la future maman laissait entrevoir que la gestation progressait en suivant son cours normal. Ayrus se promenait à une certaine distance de cette femme, n'osant trop s'approcher, comme s'il voulait sauver du temps.

— Il va falloir y aller bientôt, dit Taziel.
— Que va-t-il m'arriver une fois que je serai à l'intérieur de ce ventre ?
— Ce sera la suite du voyage que tu as choisi.
— Pourrons-nous communiquer ensemble ?
— À cela, je dois te répondre que le voile de l'ignorance te couvrira complètement. Ton défi lors de ce passage sur Terre sera de te rappeler ton identité première et tes origines.
— Laissez-moi encore un peu de temps, dit finalement Ayrus, découragé.

Deux jours s'écoulèrent. Alors qu'il s'arrêta à environ un mètre de l'abdomen bombé, Ayrus rumina encore la même question :
« Mais pourquoi me suis-je lancé dans une telle aventure ? »

Puis une voix retentit, celle dont il souhaitait désespérément percevoir la moindre résonance. C'était le Père Céleste.

– Il est temps maintenant, dit ce dernier.
– Père, c'est toi ! Je ne veux plus continuer. Tout est si lourd ici… Puis-je revenir à tes côtés ?

Comme seule et unique réplique, un silence décevant. L'excitation du moment espérait vivement un retour à la question posée. Mais rien, qu'un espace vide, sans parole à laquelle s'accrocher. Les compagnons de voyage d'Ayrus firent alors leur apparition :
– Tu as entendu le Père, c'est le moment d'y aller.
– Non ! Je n'y vais plus ! Je m'en vais d'ici !

À ces mots, une force paralysante l'immobilisa complètement et fixa dans un béton invisible tout désir de mouvement. Il ne pouvait plus bouger. Une poussée très directive le projeta ensuite fermement contre son gré. Un amas de peurs l'envahit d'une charge émotive qu'il n'était pas en mesure de supporter. Ayrus perdit conscience.

Le Père savait la nécessité d'un recours à une escadrille pour que l'atterrissage sur Gaïa s'effectue.

Début de l'aventure terrestre

Victime d'une commotion, Ayrus ouvrit les yeux dans l'obscurité totale. Un liquide l'encerclait en donnant une idée imprécise de ses propres contours. La température ne se voulait ni chaude, ni froide.

«Mais où suis-je? Et qu'est-ce que je fais ici?» se demanda-t-il.

À travers son questionnement se profilait une évidence flagrante. Aucune notion de sa provenance. Une fraîche coupure l'empêchait de refaire le pont avec ses origines célestes. Il se réveillait sans le moindre souvenir de sa véritable identité.

Apeuré par la noirceur du lieu, Ayrus bougeait à peine dans ses premières réactions. Tranquillement il se mit à apprivoiser son environnement immédiat et à se mouvoir davantage. L'envie de chercher une sortie se manifesta après un certain temps. Au cours de son exploration, la main gauche toucha à quelque chose qui ressemblait à un mur. Il cogna dessus en espérant une réponse de l'autre côté :
«Hé! Ho! Y'a quelqu'un?» dit-il.

Nul écho, ni même de réponse. Il essaya une deuxième fois avec plus de fermeté mais le résultat fut le même.

Son besoin de scruter l'endroit le conduisit ensuite à longer les bordures de la paroi et à en faire le tour. Il s'aperçut finalement que son enveloppe était enfermée dans un genre de grotte ayant la forme d'un ovale :
«Aucune issue... et je suis seul», conclut-il, tristement.

Peu de temps après, Ayrus entendit pour la première fois une voix sourde à l'extérieur. Sans hésiter, il se mit à frapper sur

l'intérieur de la cavité et même à crier :
« Hé ! Je veux sortir d'ici ! ! »

Les sons s'arrêtèrent. À nouveau personne ne l'entendit. Tout penaud, il retourna s'allonger dans une solitude ennuyeuse qui trouva refuge dans les paisibles vagues de son berceau liquide.

Plusieurs semaines s'écoulèrent. Le corps se développait à un certain rythme et les extrémités se précisaient de plus en plus.

Puis, un jour, il sentit une fébrilité à l'extérieur. Quelque chose ne tournait pas rond. Son oreille se colla sur la paroi pour mieux entendre. Un événement semblait se préparer.

Sans qu'il eût le temps de réfléchir davantage, les fibres de son habitacle se tonifièrent brusquement. Un cri de douleur se fit entendre.

« Mais que se passe-t-il ? » s'interrogea Ayrus.

La tension autour diminua progressivement de même que l'agitation corporelle. Cependant, quelques minutes plus tard, le même phénomène se produisit. L'intervalle entre chaque épisode contractile se rapprochait et les moments de répit s'écourtèrent. L'espace intérieur s'amenuisait et l'intensité des raideurs l'entraînait inévitablement vers le bas.

Ne sachant ce qui se passait, l'angoisse le prit d'assaut. La mince liberté d'action consentie s'évaporait de plus en plus. Cette caverne, déjà si petite, l'écrasait sans aucune pitié.

Sa tête se coinça. Dans une lenteur agonisante, elle prit par la suite un chemin très étroit. Une pression extérieure l'opprimait de façon injuste et la révolte contre ce parcours ne faisait qu'augmenter. Comparativement à tout l'effort déployé, il en résultait une pénible et faible avancée.

Le battement du cœur s'accéléra à un rythme très rapide. De tous les angles, il se heurtait constamment à cette force compressive qui semblait vouloir sa disparition. Assurément, il se rapprochait d'une fin. Peut-être de sa propre fin. Ses réserves d'énergie vitale déclinaient considérablement et pour peu de temps encore, il pouvait espérer se débattre.

Des doigts s'agrippèrent finalement à son crâne. Il n'était plus seul. Quelqu'un voulait l'aider à sortir de l'étroitesse de ce couloir impitoyable.

Dans un geste ultime à la vie, alors que la mère gémissait de douleurs, une tête enfin sortit du long tunnel. Grâce à une dernière et forte poussée, d'habiles mains complétèrent rapidement la manœuvre et expulsèrent en entier le corps du nouveau-né.

Ayrus n'osa ouvrir les yeux. Une lumière trop intense inondait la pièce. On l'emmitoufla dans une douce couverture de flanelle pour éviter toute perte de chaleur. Puis, un geste sécurisant le déposa sur le thorax de celle dont il reconnut les ondes sonores.

En se demandant dans quel monde il venait tout juste de débarquer, un seul désir l'habitait : se reposer.

*   *   *   *   *

Le poupon semblait agréablement surpris des nombreuses attentions qu'on lui prodiguait. Tous ceux et celles qui s'en approchaient voulaient admirer son très jeune visage. Quelques personnes le prirent dans leurs bras, parfois un peu maladroitement.

Lorsque les gens prenaient contact avec lui, un mot se répétait sans cesse. Maintes fois « Lumick » se fit entendre. Au fil des jours, des semaines et des mois qui suivirent, il finit par se reconnaître dans cette appellation qui se voulait une étiquette portant les gènes de son individualité.

Grâce à ses parents, il fit ses premiers pas et apprit un langage verbal. Sa curiosité l'amenait à observer son entourage et on le surprenait parfois à regarder fixement un objet ou une personne de façon contemplative.

Son père, propriétaire d'une ferme, y consacrait l'ensemble de ses journées. C'était un homme de principe avec des valeurs bien ancrées. Quand il partait travailler le matin, Lumick remarquait son côté sérieux et rigide qui disparaissait habituellement au retour de sa journée d'ouvrage. Le contact avec la terre semblait ainsi transformer sa raideur en une détente, surtout au niveau des traits de son visage.

Sa mère, malgré la lourdeur de ses tâches familiales, réussissait à accomplir toutes ses besognes et à élever ses enfants. Lumick n'était point seul. Dakoj, son frère aîné, le devançait de presque trois ans. Puis Talya apparut dans le décor en tant que sœur cadette.

Peu de temps après son cinquième anniversaire, alors que Lumick s'amusait à récolter les légumes du potager en compagnie de son père, le jeune garçon demanda :
— Papa, qu'est-ce que cette grande maison là-bas ?
— Là-bas au loin ? Ce n'est pas une maison, c'est le château du roi.
— C'est quoi un roi ? demanda-t-il à nouveau.
— C'est celui qui gouverne le pays.
— Mais pourquoi il habite un château ?
— Parce que c'est un roi.
— Et tous les rois habitent des châteaux ?
— Euh… oui.

Après un moment de silence, du haut de sa petitesse, Lumick dit :
— Un jour, je serai roi et j'habiterai un château.
— Hum... seul peut devenir roi un fils né d'un roi, et ton papa est un simple fermier.

Tout en continuant ses quelques gestes, Lumick se perdit ensuite dans son monde imaginaire.

Ainsi, sur le flanc de la colline, un roi habitait une forteresse très luxueuse qui se voulait le symbole de la suprématie humaine. Plus que fier, l'homme portant la couronne en profitait quotidiennement pour nourrir sa condescendance qui transpirait à chacune de ses paroles. Le peuple n'était là que pour le servir.

* * * * *

Âgé d'à peine douze ans, Lumick adorait entendre son professeur raconter toutes sortes d'histoires. Cet homme avait parcouru bien des contrées et vécu de nombreuses aventures. Il parlait des étoiles, du désert, d'animaux à trois têtes, de dragons et de magiciens. Les yeux de Lumick s'émerveillaient à l'écoute de ces récits. Le jeune écolier se mit à rêver de voyages pour connaître d'autres régions que celle qui l'avait vu grandir.

Un jour, il demanda à son père :
— Qu'y a-t-il derrière les montagnes ?
— Honnêtement, j'en sais peu de choses... Certains sont partis et ne sont jamais revenus. Vaut mieux pour toi rester ici et travailler sur la ferme. Ton avenir est assuré.

Le paternel voyait bien que cette réponse ne satisfaisait nullement son fils. Cependant, il ne savait que dire d'autre et répétait ce que lui-même avait entendu de son propre père.

Lumick affectionnait particulièrement le contact avec les animaux de la ferme. De façon bien étrange, un certain dialogue s'installait parfois entre lui et la bête. C'est ainsi que malgré son jeune âge, il se chargeait habituellement de prodiguer les premiers soins lorsqu'un animal se blessait. Une aptitude intérieure amenait l'aisance à réconforter dans ce genre de situation.

Son moment préféré de la journée demeurait invariablement le coucher du soleil. Jour après jour, de la fenêtre de sa chambre, Lumick regardait sans se lasser le disque jaune qui, au loin, descendait sereinement pour disparaître finalement derrière l'horizon. Il ne savait pourquoi, mais le seul fait d'assister à ce spectacle lui procurait un instant de paix et de plénitude en donnant un répit à son mental parfois agité.

Ainsi, les années passèrent. En apparence l'évolution de Lumick se déroulait sans obstacle majeur, comme pour la majorité des garçons de son âge. Tous ses besoins paraissaient comblés. Cependant, l'image projetée se voulait bien trompeuse. Malgré la présence de ses parents, il ne parvenait pas à se débarrasser d'une perception troublante qu'il refoulait sans cesse car elle ouvrait la porte au gouffre d'une criante détresse.

Plus souvent qu'autrement, Lumick se sentait orphelin. Cette impression tellement étrange persistait avec l'idée que sa naissance dans ce village était la résultante d'avoir été catapulté à des années-lumière de sa terre d'origine. Mais d'où venait-il ? Et pourquoi cette sensation d'appartenir à un autre monde ?

Un énorme vide affectif lourdement rempli de perdition l'assaillait dans l'obscurité de ses entrailles.

Une légende

Au cours d'une fête en son honneur, Lumick célébra son dix-neuvième anniversaire de naissance en compagnie des membres de sa famille et de quelques amis.

Pendant ce temps au château, vivait un roi autoritaire qui prenait un malin plaisir à donner des ordres à son entourage. Il utilisait son titre pour régner et changer les lois selon les soubresauts d'une humeur imprévisible. Cependant, sa bravoure n'allait guère plus loin que les murs de la forteresse. Peu de fois il osa s'aventurer à l'extérieur, ayant la crainte obsessive qu'une saleté ou un microbe le contamine.

Assis confortablement sur son trône, le monarque s'offrait régulièrement comme loisir le parcours d'un livre de la bibliothèque royale. Il aimait se nourrir d'histoires farfelues et de légendes qui prenaient racine en de lointaines époques. Alors son imagination plutôt fertile l'amenait à jouer le rôle du héros.

Au cours d'une de ses lectures, une pensée apparut subitement dans la tête du roi. L'expression de son visage se métamorphosa instantanément. Il appela rapidement ses conseillers et quelques minutes suffirent pour les réunir. Visiblement excité, le roi prit la parole :
– J'ai eu une idée géniale ! dit-il.
– Laquelle ? demanda-t-on, dans un mélange de politesse et de scepticisme.
– Vous savez que dans le récit d'une légende, il se trouve habituellement une certaine vérité. Connaissez-vous la légende de l'élixir de vie et de la pilule d'immortalité ?

Les cinq conseillers se regardèrent de façon interrogative. Dans une certaine gêne d'avouer leur ignorance, un d'entre eux répondit :

— Nous n'en savons rien.

— Alors laissez-moi vous raconter. Il y a de cela bien des siècles, un homme d'un âge avancé gouvernait un immense territoire et tomba gravement malade. C'est alors que les sages des villages autour se rassemblèrent pour tenter d'apporter la guérison à cet homme respecté de tous. Chacun y alla de son propre savoir, mais sans succès. Dans un geste de dernier recours, ils mélangèrent toutes sortes d'herbes et d'épices dans une marmite bouillonnante en prononçant à tour de rôle des formules ayant des vertus supposément magiques. Ils concoctèrent ainsi une potion de même qu'une pilule avec le mélange de quelques résidus granuleux. On demanda ensuite à celui qui agonisait de les avaler. Peu de temps après l'ingestion de la potion et de la pilule, l'homme fortement affecté retrouva rapidement la pleine santé au plus grand soulagement de ses proches et du peuple. Bien plus, au cours des semaines qui suivirent, à la surprise de tous, il se mit à rajeunir. Les rides de son visage disparurent, ses muscles se fortifièrent et son corps reprit une allure de jeunesse. Pendant plusieurs années, les sages tentèrent de recréer le même remède mais les multiples tentatives s'avérèrent infructueuses. C'est ainsi que selon la légende, cet homme vécut pendant quatre cent trente-huit ans grâce à ce qui fut appelé l'élixir de vie et la pilule d'immortalité, termina le roi.

— Je n'ai jamais entendu un tel récit! dit un des conseillers, un peu moqueur.

— C'est bien écrit noir sur blanc! renchérit le monarque. Dites-moi, croyez-vous que cette histoire est possible et qu'elle contienne une vérité?

Les participants à cette rencontre échangèrent des regards incrédules. Pour ne pas offusquer le roi, il leur fallait comme à l'habitude mettre des gants blancs dans la verbalisation de la réponse. Un d'entre eux, le doyen qui s'appelait Kamytri, osa prendre la parole :

— Avec tout le respect que je vous dois, j'en doute fortement.

— Et toi, Fulogua, toi qui sais me guider avec tes cartes et le positionnement des étoiles, qu'en dis-tu ?

— En toute honnêteté, j'abonde dans le même sens que mon confrère.

Le roi posa le pouce et l'index de sa main droite sur son menton et resta songeur quelques instants. Puis il reprit :

— Une idée que j'entends mettre à exécution m'est venue tout à l'heure, soit d'offrir la moitié de la richesse de mon royaume à celui ou celle qui découvrira les secrets de l'élixir de vie et de la pilule de l'immortalité, et qui me les ramènera.

— Quoi ? ! s'exclama Kamytri.

— Tu as bien compris, dit le roi.

— Mais c'est insensé ! Le peuple n'y comprendra rien ! poursuivit Fulogua.

Le roi, réagissant à la perception d'être inutilement contrarié, se leva d'un bond et cria :

« Taisez-vous ! ! Que vous soyez d'accord ou non c'est ainsi qu'il en sera ! Et j'en ferai l'annonce dès demain ! »

Les deux conseillers baissèrent la tête en étouffant toute forme de réplique possible.

Derrière cette proposition du roi se cachait un homme qui refusait de vieillir et qui succombait à la peur de sa propre mort. Ainsi, il caressait égocentriquement le désir de régner sur son trône pendant encore des centaines d'années, et ce, dans le but caché que lui-même devienne une légende bien vivante.

*   *   *   *   *

Accompagné d'une majestueuse caravane d'éléphants et d'hommes aux torses ceinturés de fer, pour une rare fois le roi sortit de son enceinte protégée. Il traînait sur lui de nombreux mouchoirs stériles pour essuyer toute particule indésirable venant se déposer sur les contours de son visage.

Rendu au point de rencontre avec la foule déjà rassemblée pour l'événement, la horde de créatures en mouvement s'immobilisa pour laisser place au discours royal. L'attention se dirigea alors vers le principal intéressé qui dut pour les circonstances hausser le ton :
« Pour vous montrer à tous ma bonté et ma générosité, je déclare qu'en ce jour un concours est ouvert. »

Continuant sur sa lancée, le roi raconta la légende de l'élixir de vie et de la pilule d'immortalité.

Lumick et sa famille se mêlaient à l'ensemble des gens réunis. Plus le monarque avançait dans son récit, plus les oreilles du jeune homme semblaient prendre de l'expansion, captant ainsi les moindres détails avec grand intérêt. Une fois l'histoire complétée, le roi s'adressa directement à la foule :
« Celui ou celle qui me ramènera les secrets de l'élixir de vie et de la pilule d'immortalité héritera de la moitié des richesses du royaume. »

Tous réagirent avec stupéfaction, ce qui provoqua un murmure collectif. Alors le roi leva subitement les deux bras pour que s'arrêtent sur le champ les sons émis par la foule. L'ordre silencieux fut respecté sans délai.

Le sentiment de supériorité du roi fut grandement nourri par l'obéissance du peuple. Ainsi se présentait l'ambiance propice pour émettre la question qui lui brûlait tant les lèvres :
« Sachant cela, j'aimerais savoir qui d'entre vous désire participer à cette quête. »

À ce moment précis, un courant enflammé parcourut le corps entier de Lumick et sans même y penser, les doigts d'un membre

s'étiraient hautement vers le ciel. Du bout des pieds, un seul mot très convainquant sortit de sa bouche :
« MOI ! ! »

Pendant une fraction de seconde, Lumick bascula dans une zone d'un autre espace-temps, comme s'il revivait quelque chose, comme si ce n'était pas la première fois qu'il se portait volontaire pour une aventure vers l'inconnu.

Mais il revint très rapidement à la réalité. Tous les regards se tournèrent vers lui et l'intimidèrent.

« Ça ne va pas, non ? ! » dit son père.

Lumick n'eut le temps de répondre car le roi prit de nouveau la parole :
« Jeune homme, quelle heureuse décision ! Viens me voir la journée de ton départ et je te donnerai de quoi t'aider à subvenir à tes besoins. »

Celui à qui s'adressaient ces mots acquiesça. Au cours des minutes qui suivirent, d'autres mains se levèrent, onze au total. Le roi donna les mêmes consignes à chacun, soit de se présenter à lui au moment voulu.

Sur le chemin du retour, jamais Lumick ne vit son père sortir ainsi de ses gonds. Il était vraiment hors de lui :
— Mais qu'est-ce qui t'a pris ? Comment peux-tu prendre une telle décision sans nous demander notre avis, à ta mère et moi ? Et où iras-tu ? Que feras-tu ?
— Je n'ai fait qu'écouter ce que mon cœur m'a dicté, répondit Lumick.
— Ça n'a aucun sens ! Je t'ai appris tout ce que je sais, et c'est ainsi que tu me remercies ? dit celui qui se sentait renié par son fils.

Tant bien que mal, Lumick essaya de rester au-dessus de ce vent de colère et d'incompréhension. Rendu au domicile familial, le même climat conflictuel persistait. Le père, n'en pouvant plus de supporter la tension, prit sa bêche et partit s'isoler dans les champs.

Au coucher du soleil, alors que le chef de famille labourait toujours le sol brunâtre de ses grands jardins, le jeune homme prit son courage à deux mains et alla le rencontrer :
— Papa, je...
— Mon fils, pardonne-moi de t'avoir parlé de cette façon... C'est l'idée de ne plus te revoir qui m'a fait dire ces choses, dit son père, visiblement mal à l'aise. Tu sais, quand je vis des moments difficiles, il m'arrive de parler à la terre. Tout à l'heure, je ne cessais de lui répéter : « Pourquoi m'arrive-t-il une telle épreuve ? N'ai-je pas été un père exemplaire ? Est-ce que la vie cherche à me punir ? » Et la terre, dans son immense sagesse, m'a répondu ceci : « *Au moment de la semence, tu laisses le destin de la graine s'accomplir.* » J'ai alors compris que, de la même façon que j'abandonne la semence à la terre, il est préférable maintenant que je t'abandonne au ciel.

Les yeux pleins d'eau et la voix tremblante, Lumick dit :
— Tu sais, je ne fais que répondre à un appel.
— Oui, je sais... Chaque fois que je te voyais regarder les montagnes, je me doutais qu'un jour tu partirais. Et ce moment semble déjà venu.

Spontanément, les deux hommes se serrèrent très fort dans leurs bras. Il fallait être à la veille d'une séparation pour que deux individus se rapprochent vraiment.

Le départ

Tout était prêt : un baluchon accroché à une branche d'arbre, un chapeau bleu, des vêtements recousus à certains endroits, des souliers usés et quelques pièces de monnaie.

La mère de Lumick tremblait intérieurement à l'idée de ne plus revoir son fils. Cet enfant qu'elle avait porté dans son ventre et qu'elle avait vu grandir avec les années nourrissait toujours son instinct maternel. Mais ce matin-là se dressait devant elle, autant physiquement que mentalement, un adulte qui assumait l'intuition de sa destinée.

— Tiens, voici le bracelet qui appartenait à ton grand-père. Il te portera chance, dit-elle.
— Merci, je le garderai précieusement, répondit Lumick.

Peu de temps après, sur le perron, le début d'une coupure. Tous reçurent une chaleureuse accolade en voulant étirer le plus possible ce temps consacré à l'étreinte du départ.

Qu'importe les mots utilisés, la famille de Lumick vivait implacablement une déchirure viscérale qu'entraîne la rupture d'un cordon. L'éloignement et l'absence allaient bientôt se substituer à la présence visuelle. Il ne resterait plus que des souvenirs et l'espoir d'un retour au bercail comme seuls remèdes aux sentiments de perte et de vide.

Courageusement, Lumick quitta le seuil de la maison familiale. Après plusieurs enjambées, il se retourna complètement et leur fit signe de la main, le cœur noué. Ses pieds firent ensuite cent quatre-vingts degrés et prirent le sentier menant au château.

Au château

Lumick arriva à la passerelle de la forteresse du roi. Deux hommes portant une armure montaient la garde :
— Que veux-tu, jeune homme ?
— Je viens sur l'ordre du roi, répondit-il.

Après un court interrogatoire, on le laissa entrer dans le somptueux château. De multiples vitraux d'une grande valeur tapissaient les murs. Des fresques décoraient même les plafonds dont la hauteur demandait l'extension du cou pour en percevoir tous les détails. Jamais Lumick ne fut témoin d'une telle richesse.

Accompagné d'un serviteur, il arriva dans une pièce encore plus luxueuse que les autres. Un homme siégeait sur son trône du haut de quelques marches.

— Ce jeune homme demande une audience, dit le domestique au roi.
— Ah oui, bien sûr ! Approche-toi ! enchaîna celui qui reconnut immédiatement le jeune homme. Alors dis-moi, où comptes-tu aller ?
— J'irai là où ma conscience me guidera, répondit spontanément Lumick.
— Hum… si jamais tu trouves le secret de l'élixir de vie et de la pilule d'immortalité, me promets-tu de revenir ici et de partager avec moi tes trouvailles ?
— J'en fais serment.
— Bon. Voilà douze pièces d'or qui t'aideront à subvenir à tes besoins.

Lumick remercia le roi et prit congé. Quand les portes du château se refermèrent, le monde entier se trouvait en face de lui. Sa petitesse n'était qu'illusoire et la confiance en ses capacités monta d'un cran. Il savoura pleinement ces instants de certitude intérieure qui le propulsaient vers l'inconnu.

L'amorce du périple

Les pas de Lumick l'emmenèrent en direction d'un sentier rocailleux. Il se rendit compte que ce désir de partir à l'aventure nourrissait indéniablement ses veines et sortait enfin d'un long enfermement pour vivre au grand jour.

La première créature qu'il rencontra possédait de nombreuses pattes très actives. Elle tentait nonchalamment de vaincre la pesanteur gravitationnelle et d'avancer vers un quelconque objectif. En constatant la lenteur des mouvements de la chenille orangée, Lumick se dit :
« S'il y a une bestiole qui a besoin de patience, c'est bien elle. »

Il ne se doutait pas que cette réflexion se voulait d'abord et avant tout pour lui-même. Le périple qu'il amorçait s'annonçait long, périlleux et incertain. Sans patience, cette mission devenait impossible.

Pendant plusieurs jours, Lumick accueillit joyeusement et avec innocence les nouveaux paysages se présentant devant ses yeux. Il traversa quelques petits villages sans vraiment s'arrêter, préférant poursuivre sa route en solitaire.

Alors qu'il avançait paisiblement, le bruit craquelant d'une charrette martelait le sol derrière lui.

— Où vas-tu, jeune homme ? demanda le conducteur.
— Eh bien, je ne fais que suivre ce chemin, répondit Lumick.
— Embarque si tu veux, nous sommes à seulement deux jours de la grande ville de Tébuzin et je peux t'y amener... J'y vais pour vendre des citrouilles au marché.
— Oui, d'accord, dit l'autre en hésitant.

Il prit alors place à la gauche de cet homme d'un âge avancé. Une moustache grisonnante et bien touffue cachait un peu la lèvre supérieure de celui qui semblait mener une vie bien tranquille et en harmonie avec la nature.

Le jeune voyageur se sentit en confiance et mentionna les raisons l'ayant amené à quitter son village.

«Hum... intéressant, dit Cléophas. J'ai déjà entendu une légende semblable, il y a bien longtemps... Ce que je peux te dire, c'est que rares sont ceux qui savent rester jeunes malgré leur corps vieillissant. Regarde bien les yeux et le sourire des gens et tu sauras si la jeunesse les habite toujours. »

Lumick resta un peu surpris d'entendre ces paroles, ayant trop vite catégorisé son accompagnateur au premier contact. Il détectait ainsi une certaine sagesse à travers ses propos.

— Pour un homme comme moi, qui a atteint un certain âge, comment crois-tu que l'on peut rester bien vivant et jeune malgré ce corps qui vieillit? dit Cléophas.
— Euh... eh bien... balbutia Lumick, ne sachant que répondre.
— L'image que tu as de toi-même est celle d'un jeune homme. Mais lorsque la peau commence à se rider et que les cheveux grisonnent, l'image de soi change. N'en reste pas moins que l'on est bien plus que ce corps qui prend de l'âge. Vieillir est sans aucun doute une bien grande illusion.

Cléophas voulut en dire davantage mais il s'aperçut que Lumick devenait moins attentif. Alors il laissa place au silence et aux bruits environnants.

Le soir, ils s'arrêtèrent pour établir le campement et se reposer. Autour du feu s'initia une conversation :

— As-tu déjà entendu parler de la ville de Tébuzin ? demanda Cléophas.

— Non… Vous pouvez me dire ce que vous en savez ? répondit Lumick.

— Bien sûr ! C'est la plus grande ville que je connaisse. Très moderne, avec beaucoup de facilités, on y trouve de tout… mais j'oserais dire que la loi du plus fort y règne. Moi, je me contente de me rendre à un marché pour vendre mes citrouilles, puis je quitte le lendemain. Je ne peux supporter le rythme de cette ville. As-tu de quoi survivre là-bas ?

— Oui, je me débrouillerai. Ne vous inquiétez pas, dit le jeune homme.

Derrière ces paroles qui se voulaient rassurantes, Lumick sentit une contradiction. Pour la première fois depuis qu'il était parti de son village, une dose d'inquiétude fit irruption. Que ferait-il dans cette jungle urbaine ? Où irait-il ? La confiance qui l'habitait jusqu'à maintenant perdit des plumes. Une ombre venait de s'infiltrer.

Tébuzin

Le lendemain, en fin d'après-midi, ils arrivèrent à destination.

« C'est ici que je m'arrête, fiston », dit Cléophas, en parlant du grand marché de l'autre côté de la rue.

Il se mit aussitôt à écrire quelque chose sur un bout de papier et ajouta :
— Je ne sais pas combien de temps tu resteras dans cette ville, mais si jamais tu vis des moments difficiles, voici le nom et les coordonnées d'une personne qui pourrait t'aider. C'est un voyant capable de lire dans une boule de cristal.
— Merci ! dit Lumick, très reconnaissant.
— Allez… sois prudent !
— Oui. Encore une fois merci ! dit le jeune homme, tout en s'éloignant.

En mettant les pieds à Tébuzin, Lumick venait d'effectuer un immense bond dans le temps. Cette ville sortait d'ailleurs. Des édifices s'élevaient très haut vers le ciel et du béton recouvrait les surfaces où roulaient des véhicules à quatre roues. Ces derniers avançaient tout seuls, sans l'aide d'un cheval ou d'un bœuf, et semblaient propulsés par un moteur passablement bruyant. Ils émanaient à l'arrière une odeur désagréable qui parvenait jusqu'aux mouvements inspiratoires des narines.

Une fourmilière de piétons se promenait sur les trottoirs et traversait les rues. Des gens bien vêtus, avec parfois une mallette à la main, défilaient à un rythme accéléré. Les mêmes traits apparaissaient sur leurs visages : aucun sourire et un air très sérieux qui reflétait sans doute certaines préoccupations. Chacun semblait vivre dans sa propre bulle sans se soucier des autres.

Lumick se retira dans un endroit plus tranquille où l'on servait du café, des jus et des gâteaux. Des regards se tournèrent vers lui en portant des jugements sur son habillement.

Une fois rassasié, il fit comme d'autres et se dirigea vers un comptoir. Pour payer l'addition, Lumick n'avait que des pièces d'or sur lesquelles s'imprimait l'effigie du roi.

— Mais qu'est-ce que c'est que cette monnaie? Tu n'as pas d'argent comme tout le monde? dit bêtement la serveuse.
— C'est une pièce d'or venant de mon village natal, répondit-il.

À ces mots qui résonnèrent fortement entre les quatre murs, un lourd silence s'ensuivit. Dans cette ville, les oreilles devenaient réceptives et envieuses quand on parlait d'or.

Un homme seul à sa table, qui sirotait doucement un café, remit promptement sa tasse dans la soucoupe et se leva aussitôt. Il alla rejoindre le jeune homme et la serveuse:
— Voilà pour l'addition, madame, dit-il en remettant nerveusement l'argent nécessaire.
— Allez, viens! Vaut mieux sortir d'ici! poursuivit-il, en tirant sur le bras de Lumick. Ce dernier n'eut d'autre choix que de le suivre.

Une fois les pieds dehors, celui qui subissait l'élan de l'individu commença à résister:
— Mais que faites-vous? Lâchez-moi!! dit Lumick.
— Viens, je te dis! insista l'homme en serrant davantage son bras.

Quelques mètres plus loin, dans un endroit peu passant, l'inconnu lâcha prise en verbalisant d'une façon très directe:
« Je suppose que tu viens tout juste de débarquer à Tébuzin, n'est-ce pas?»

Lumick répondit par l'affirmative.

« Sache que dans cette ville, il y a des mots à ne pas dire. Pour bien des gens ici, l'argent est leur seule raison de vivre. Ne répète plus à personne que tu as des pièces d'or sur toi ! » dit-il.

Reprenant son souffle, l'interlocuteur poursuivit :
– Regarde mon œil gauche !
– Euh… on dirait qu'il y a quelque chose, enchaîna Lumick.
– Eh oui, j'ai perdu l'usage de cet œil il y a bien des années, quelques heures à peine après être arrivé dans cette ville… Des hommes m'ont battu pour me voler tout mon argent, et la lame d'un couteau a touché mon œil. J'ai crié, hurlé, puis j'ai perdu conscience et me suis réveillé à l'hôpital. C'est là que j'ai appris que je ne retrouverais plus jamais l'usage de mon œil. Et ce n'est que des années plus tard que l'on m'en a remis un autre.

Avec ses deux yeux, Lumick voyait bien dans cet homme une tristesse, mais aussi la présence d'un courant d'honnêteté.

« Tout cela est du passé. Viens, je t'invite chez moi. Je m'appelle Jézad. »

Ainsi, le nouveau venu dans cette ville se déplaça avec celui l'ayant sorti d'une situation embarrassante et qui l'avait protégé d'un éventuel danger. Un gardien l'accueillait dans ce milieu où l'on pouvait perdre des parties importantes de soi.

Même si Lumick possédait le choix de quitter au plus vite la folie urbaine, c'est ici que l'aventure devait se poursuivre. Partir de cette densité bruyante, c'était du moins pour l'instant fuir celui qu'il regardait quand un miroir se dressait devant lui.

* * * * *

Après une longue marche, tous les deux arrivèrent à l'appartement de Jézad situé dans un quartier plutôt défavorisé.

— Sois le bienvenu dans mon humble demeure. Installe-toi à ton aise, dit l'hôte.
— Je ne sais comment te remercier, répondit Lumick.
— Ne t'en fais pas… Cette semaine, je vais essayer de te dénicher un travail.
— Un travail ?
— Oui, j'ai ressenti que tu allais être ici pour un temps, donc il serait bien pour toi d'y trouver un emploi.

Lumick exprima à nouveau sa gratitude à Jézad pour son hospitalité et sa bienveillance. Il sentait un frère en cet homme et nul doute qu'il était en sécurité entre ces murs. La discussion se poursuivit et l'invité raconta son parcours qui l'avait emmené jusqu'à Tébuzin.

De même, Lumick fit ensuite davantage connaissance avec Jézad, qui était parti du village de son enfance il y a une dizaine d'années en quête d'un travail pour aider sa famille à survivre. Des sécheresses consécutives avaient forcé son père à demander à son fils aîné de s'exiler vers la ville pour tenter de ramener une certaine somme d'argent.

Après sa sortie de l'hôpital, Jézad avait erré longtemps dans les rues. Qui aurait voulu d'un homme sans le sou avec un œil en moins ? Sa promesse de ramener à sa famille une dose d'espoir avait permis de le maintenir en vie.

Pendant ces premiers mois de solitude et d'indifférence, des phénomènes étranges étaient survenus. Malgré la perte de son œil, il avait commencé à voir ce que les autres ne voyaient pas. Des couleurs apparaissaient subitement autour des gens qu'il regardait. Parfois du bleu, du vert, du jaune, du violet, du rouge ou du gris. Il était même arrivé progressivement à deviner les traits de personnalité des individus selon les teintes observées et leur intensité.

C'est ainsi qu'un jour, sur le coin d'une rue, il avait annoncé ses services en échange d'une somme d'argent. Des gens curieux et intrigués s'arrêtaient pour le rencontrer. Puis, chacun repartait avec la même phrase en tête :
« Mais comment a-t-il fait pour deviner ces choses ? »

Avec le temps, il avait eu assez d'argent pour manger à sa faim, s'habiller convenablement et trouver un très modeste logis. Ses perceptions sensorielles lui permettaient maintenant d'accueillir une clientèle dans un local loué à cette fin. Malgré son expertise, bien des gens le percevaient comme un sorcier ou un charlatan car ce genre d'approche était encore peu acceptée dans cette ville où la rationalité dictait la conduite.

*   *   *   *   *

Jézad ressentait la grande ouverture et la soif de Lumick d'aller vers une plus grande connaissance de lui-même. Dès le lendemain de leur premier contact, le plus vieux dit au plus jeune : « Viens, je t'emmène à un endroit que peu de gens connaissent ! »

Ils se rendirent au cœur de la ville de Tébuzin et débarquèrent à proximité d'un petit quadrilatère ayant une verte parure. Même si les brins d'herbe respiraient un air asphyxié, ils apportaient un contraste évident à la surcharge visuelle du béton grisâtre. Au milieu de cet espace, un écriteau cloué sur un piquet de bois mentionnait : *À la mémoire d'un passé oublié.*

Juste à côté de cette inscription, un escalier descendait vers les sous-sols de la terre. Jézad invita Lumick à le suivre et très vite la luminosité devint insuffisante. Heureusement, plus loin, quelques lampes électriques permirent de suivre adéquatement le tunnel. Des toiles d'araignées se collaient à une partie des contours et quelques détritus jonchaient la surface du plancher. Une odeur d'humidité pénétrante inondait l'endroit.

Au bout de quelques minutes, ils arrivèrent à un espace plus dégagé et un peu mieux éclairé. Au fond de cette pièce souterraine se dressait un mur de pierre sur lequel on pouvait deviner plusieurs traits sculptés mais dont l'ensemble demeurait imprécis. Jézad sortit sa lampe de poche et des linges de coton :
« Viens, aide-moi ! » dit-il à Lumick.

En peu de temps, tous les deux nettoyèrent le mur complètement recouvert d'une couche de poussière suintante. De multiples formes géométriques incrustées dans le roc apparurent. Ils reculèrent pour admirer l'ensemble. Les yeux de Lumick s'agrandirent :
— Tu veux m'expliquer ? dit-il, complètement sidéré par cette force harmonieuse que dégageait le tableau de pierre.
— Il y a des milliers d'années vivait sur ce territoire une civilisation très avancée qui communiquait surtout par la pensée... Les êtres utilisaient ces symboles pour entrer en contact avec des énergies subtiles, expliqua Jézad.
— Mais qu'est-il arrivé à cette ancienne civilisation ?
— L'histoire ne le dit pas clairement. Certains parlent de catastrophe naturelle, d'autres de guerres.
— Et pourquoi ce lieu est-il complètement abandonné ?
— Si cet endroit intéresse peu de gens, c'est que la majorité de ceux qui vivent dans cette ville croient peu en l'existence du monde invisible.

Ils restèrent tous les deux en admiration devant ce chef-d'œuvre. Un passé lointain hautement vibratoire fit alors sentir sa présence. Les cellules du corps de Lumick enregistraient l'expérience.

* * * * *

Deux jours plus tard, au retour de quelques consultations avec des clients, Jézad annonça avec bonne humeur :

— Il y a un travail pour toi !

— Ah oui ? Et qu'est-ce que c'est ? demanda Lumick.

— Brigadier !

— Briga-quoi ? ?

— Brigadier ! ! C'est quelqu'un qui aide les gens à traverser les rues.

— Ah bon ! Va falloir me montrer.

— Oui, bien sûr ! On a rendez-vous demain.

Ainsi, Lumick apprit en peu de temps les fonctions et les règles du brigadier. Il perçut que même si son rôle n'était que grain de poussière dans cette énorme ville, il représentait maintenant un maillon de la chaîne en permettant à un certain ordre de régner dans ce brouhaha urbain. L'écriteau qu'il maintenait au bout de sa main avait autorité sur les automobilistes et ces derniers s'arrêtaient respectueusement.

« Peut-être ai-je ce même pouvoir sur mes pensées… Peut-être existe-t-il une pancarte dans ma tête que je peux brandir pour qu'elles s'arrêtent lorsque je m'inquiète trop », se dit-il.

En effet, il arrivait que des bouffées d'inquiétude se manifestent de temps à autre, surtout lorsqu'il pensait à l'élixir de vie et à la pilule d'immortalité. Il se sentait si loin de ce but ultime que parfois l'anxiété le submergeait.

Six mois passèrent. Lumick ne s'ennuyait guère de sa famille même s'il ressentait occasionnellement des soupçons de nostalgie. Ce qui lui manquait le plus, c'était la tranquillité de la nature et la vue paisible du soleil se couchant à l'horizon. À Tébuzin, les hauts édifices remplaçaient les montagnes de sa jeunesse.

*　*　*　*　*

Dans son for intérieur, Lumick croyait en l'existence d'une force qui régissait l'ensemble des créatures sur Terre. Ses parents lui avaient appris que cette force s'appelait Dieu, et que ce Dieu siégeait en quelque part dans le ciel au milieu des étoiles et observait les agissements des humains.

« Pourquoi ce Dieu est-il si loin ? Pourquoi est-il séparé de moi ? » se demanda Lumick.

Un jour, en observant des gouttes de pluie tomber, il eut une étrange impression. Ce Dieu des étoiles séparé de l'humain ne pouvait être qu'une vision étroite des choses. Il ressentit fortement que celui que l'on appelait Dieu se voulait une énergie universelle à l'origine de toute forme de vie. Dieu n'était donc plus seulement à l'extérieur de lui. Il était aussi en lui.

Reste que Lumick transportait dans ses bagages un fardeau qui ne voulait plus le lâcher. Il pensait que de quitter son village natal l'en aurait soulagé. Mais non, cela le suivait inexorablement depuis son enfance malgré la volonté de s'en départir. Un vide intérieur persistait et traînait le boulet d'une lourdeur existentielle. Qui était-il vraiment ?

*   *   *   *   *

Comme chaque matin où son travail l'exigeait, Lumick se rendit à l'intersection routière qu'il connaissait comme le fond de sa poche. Une école élémentaire se trouvait à proximité et ses fonctions demandaient à accompagner des enfants en toute sécurité sur les lignes indiquant la traverse de piétons.

Soudain, à une dizaine de mètres derrière lui, un crissement de pneus se fit entendre. Dans un mouvement continu à ce bruit, une mère complètement hors d'elle s'affola. Sa petite fille de sept ans tenta spontanément d'aller à la rencontre d'un ballon rouge de l'autre côté de la rue. Mais le choc fut violent et l'automobile projeta l'enfant à environ deux mètres de l'impact.

Lumick se retourna rapidement et accourut sur le lieu de l'accident. La jeune fille ne bougeait plus. Du sang giclait d'une plaie profonde de la jambe droite. Il enleva immédiatement son chandail de coton et l'enroula fermement autour de la jambe. Le liquide rouge arrêta instantanément de se disperser. Lumick savait qu'il fallait agir ainsi, se rappelant les soins donnés à un cheval gravement accidenté alors qu'il travaillait sur la ferme de son père.

Un autre homme arriva à la rescousse. Il mit deux doigts au niveau du poignet gauche de la jeune fille inconsciente pour tenter de prendre le pouls. Ses gestes dénotaient une grande expérience dans de telles circonstances. Regardant la jambe blessée, il dit :
« Vite ! ! Amenons-la dans ma voiture ! »

Cet homme savait que chaque seconde comptait : une vie en dépendait. Avec l'aide de Lumick et d'une autre personne, la victime fut rapidement transportée vers un bâtiment qui offrait des soins d'urgence.

À leur arrivée, un personnel expérimenté prit hâtivement la relève. Le corps qui réagissait très peu disparut derrière un rideau et deux portes battantes. Lumick, torse nu, avec du sang séché sur les mains et au visage, consola la mère de la jeune fille. Il préféra attendre et rester entre ces murs pour connaître le verdict.

De longues heures passèrent. Pendant ce temps, il vit déferler des malades sur des civières, en chaise roulante, et d'autres qui marchaient assez péniblement. Des poches de liquide accrochées à une tige verticale et connectées jusqu'au bras par un mince tuyau accompagnaient certains individus. Cette potion transparente était utilisée pour nourrir le corps. Prenant Lumick par surprise, un questionnement résonna dans sa tête :

« Mais quel est ce liquide ? Serait-ce l'élixir de vie ? » se demanda-t-il.

La fatigue se changea en une forme d'excitation. C'était la première fois depuis le début de son périple qu'il se posait cette question devant une solution à la couleur de l'eau.

Du même coup, il vit des femmes habillées de blanc se regrouper autour d'une table assez étroite. Elles comptaient et classaient de minuscules objets qui semblaient importants. Lumick se rapprocha. Quelque chose l'attirait. Il entendit dans leur conversation :

« Celle-ci est la pilule de Mme Guichot. »

Ses yeux s'écarquillèrent et il fixa la table. De multiples formes rondes se prenant entre deux doigts et destinées à être avalées se côtoyaient sur la surface horizontale.

« Serait-ce des pilules d'immortalité ? » se demanda-t-il, en ressentant les battements de son cœur.

La gêne l'empêcha de poser spontanément la question mais son énervement quadrupla en intensité. En l'espace de quelques secondes, il touchait à ce qui ressemblait à la quête de son voyage. Se trouvait-il réellement devant l'élixir de vie et la pilule d'immortalité ?

Il fallait demander à quelqu'un. L'idée lui vint d'interroger le médecin venu à la rescousse de la jeune fille. Lumick savait son nom car un individu l'avait prononcé à son arrivée à l'hôpital. Après ses premiers pas dans le couloir menant à la salle d'urgence, il demanda à un membre du personnel soignant :
— Excusez-moi, puis-je voir le docteur Synubi ?
— Il est très occupé en ce moment.

– Pouvez-vous lui dire que j'aimerais le rencontrer ?
– D'accord, je vais lui transmettre le message. Asseyez-vous ici.

Lumick obéit. Il se retrouvait dans une situation de double attente : celle concernant l'état de santé de la jeune fille et l'autre en lien avec les raisons de son départ de son village d'enfance.

Une horloge sur le mur indiquait neuf heures sept minutes. Tour à tour, des gens arrivaient avec différents malaises et patientaient avant de se diriger vers une porte. Ils en ressortaient bien souvent avec un petit papier en main.

Juste avant midi, un gargouillement dans l'estomac lui fit sentir sa faim. Presque trois heures sans nouvelle. Finalement, une voix se fit entendre :
« Jeune homme, viens par ici ! » dit le docteur Synubi, faisant signe à Lumick d'entrer dans un local.

Le toubib continua :
– C'est bien toi qui as secouru la jeune fille ce matin ?
– Oui, c'est moi.
– Ton intervention lui a peut-être sauvé la vie.
– Eh bien... disons que j'étais content que vous preniez la relève. Vous êtes arrivé juste au bon moment.
– Oui, en effet.
– Euh... j'aimerais vous poser une question.
– Je t'écoute.
– Est-ce que... est-ce que vous connaissez l'élixir de vie et la pilule d'immortalité ?

L'homme au sarrau blanc savait beaucoup de choses, mais cette question amena un faciès pensif :
« L'élixir de vie ? Eh bien non... ça ne me dit rien », prononça le docteur Synubi.

Après un court instant, il enchaîna :

— Pour ce qui est des pilules, je connais bien celles que l'on donne pour soulager la douleur et traiter des infections. Ces pilules ont permis d'augmenter l'espérance de vie, mais elles ne rendent pas les gens immortels.

— Bon… merci pour l'information, dit Lumick, qui espérait une autre réponse.

La science moderne de Tébuzin ne pouvait donc lui permettre de découvrir les secrets tant recherchés.

Il alla rejoindre la mère de la jeune fille accidentée. Peu de temps après, un individu à demi masqué fit son apparition. Il enleva ce qui recouvrait la partie inférieure de son visage :

— Votre fille survivra ! Ce que je ne sais pas, c'est pour sa jambe, il se peut qu'elle reste avec des séquelles, dit le chirurgien.

— Puis-je la voir ? dit la mère avec empressement.

— Bien sûr. Venez !

Lumick se retira tranquillement, soulagé que la force de la vie l'ait emporté sur celle de la mort. Malgré la déception causée par la réponse du docteur Synubi, il ressentit la fierté du devoir accompli étant donné l'aide qu'il avait su apporter dans une situation cruciale et ses mains qui s'étaient exécutées rapidement pour arrêter l'hémorragie. D'une certaine façon, sa présence avait permis aux ténèbres de rester à l'écart.

* * * * *

Un soir, juste avant d'aller au lit, Lumick jongla avec des moments de confusion et d'incertitude. Pour éclaircir la situation, il osa poser une question à l'univers en lien avec son devenir, en espérant que ses rêves lui apportent une réponse précise. Il croyait au langage mystérieux et aux visions nocturnes que peut procurer l'état onirique.

Lumick s'allongea et la lourdeur de ses paupières mit rapidement un voile sur ses yeux. La fatigue de la journée l'entraîna dans un sommeil récupérateur.

Au cours de la nuit, un rêve fit apparaître des images d'une région semi-désertique où la sécheresse gagnait du terrain. Dans une hutte construite à partir de branchettes, il mangeait une nourriture peu habituelle et préférait détourner le regard avant de l'avaler. Une fois son estomac rassasié, il fut témoin d'une scène étrange : des gens d'une couleur de peau différente de la sienne le regardaient fixement.

Du même coup, il se réveilla. Le cadran indiquait quatre heures douze minutes. Tout excité et sans réfléchir, il alla rejoindre Jézad.

– Hé ! Réveille-toi !
– Hum... euh... hum... marmonna celui couché sur le dos.
– Jézad, c'est moi ! Tu connais un endroit sur la planète où les gens ont la peau noire ?
– Ben... euh... tu sais quelle heure il est ?
– Allez, dis-moi !
– Hum... oui, quelqu'un m'a déjà dit que loin d'ici... mais pourquoi me demander cela à cette heure-ci ? répondit Jézad, toujours somnolent.
– Désolé. Je t'en reparlerai. Rendors-toi, dit Lumick, prenant conscience de l'impolitesse de son geste.

Le reste de la nuit, il ne put dormir. Une fébrilité peu commune l'envahit. Elle ressemblait à celle suivant l'annonce de son départ à ses parents. L'heure de reprendre la route avait donc sonné. Il remercia ses rêves.

Au cours de la matinée, il se décida finalement à en parler à Jézad. Timidement, des paroles sortirent de sa bouche :
– J'ai quelque chose à te dire.
– Je sais.

— Tu sais ?

— Oui, je sais, tu pars bientôt. Ta question de la nuit dernière et ce que je vois autour de toi me le disent.

— En effet, on ne peut rien te cacher.

— Quand pars-tu ?

— Dans quelques jours, dit Lumick, la gorge serrée, sachant que bientôt il quitterait son meilleur ami.

Ils échangèrent ensuite quelques mots, des mots remplis d'une tristesse indiquant une séparation proche.

Après s'être inclinée plusieurs fois à cette décision de rester dans la ville de Tébuzin, la vie surprenait Lumick en lui dévoilant qu'un nouveau déplacement se voulait juste et préférable pour la suite de son cheminement.

Quelques jours plus tard, alors que le soleil donnait une prestation matinale, son baluchon prit place derrière l'épaule droite.

— Ça y est, dit-il à Jézad, la voix tremblante d'émotion.

— J'aurais bien aimé que tu restes plus longtemps. Tu vas me manquer. Sache que je t'accompagnerai en pensée.

— Merci pour tout, dit Lumick.

En quittant le domicile de Jézad, le voyageur ferma la porte de l'entrée. Quelque part dans l'invisible, c'était plutôt à une sorte d'enlisement qu'il fermait la porte. Rester plus longtemps à Tébuzin ne voulait dire pour lui que stagnation après plus de deux années passées dans la grande ville.

Lumick sortit de la zone urbaine en prenant la direction de l'est.

Les Onondagas

Au cours de l'après-midi, les semelles de Lumick parcoururent une route de terre caillouteuse qui lui donna la sensation de renouer le contact avec le sol. Il s'amusa à redécouvrir le mouvement des pieds permettant au corps d'aller de l'avant.

Le jeune homme marcha longuement, ne s'arrêtant que pour manger et dormir, et ce pendant plusieurs jours. Il s'informait parfois à des passants s'ils savaient où se trouvaient des gens à la peau noire. Tous lui répondirent par une sèche négative, sauf un homme d'âge mûr qui ajouta :
– ... mais je connais des gens à la peau rouge !
– Quoi ? dit Lumick, en se demandant si l'individu blaguait.
– On les appelle les Peaux-Rouges. Si cela t'intéresse, suis ce chemin et tu risques de les croiser.

Curieux de nature, il prit donc la direction que l'on venait de lui indiquer.

Au quatrième jour de marche, nulle apparition d'homme ou de femme portant le rouge cutané. Des doutes s'amplifièrent et un demi-tour serait de mise très bientôt si la situation ne changeait pas.

Peu de temps après, la route se transforma progressivement en un sentier plus étroit et des arbres de chaque côté semblaient escorter Lumick.

Tout à coup, un battement sourd et creux se fit entendre au loin. Ce son au contact de l'air voulait se disperser et se propager au gré du vent en espérant nourrir une cadence féconde. Chose étrange, il semblait suivre le rythme de son cœur qui s'accélérait.

Malgré l'inégalité du sol, Lumick persévéra dans son avancée intuitive. Le battement qu'il entendait se renforcit. C'était celui d'un tam-tam. Des chants saccadés devenaient également audibles.

Le sentier disparut progressivement. Avec des efforts soutenus, il se fraya un chemin entre les troncs de multiples conifères qui écorchaient ses jambes au passage. Seules les sonorités venant à ses oreilles le guidaient.

Il arriva finalement sur le bord d'une falaise. Juste en bas, des êtres vêtus bizarrement avec des plumes sur la tête célébraient une sorte de rituel. Plusieurs tentes de forme triangulaire dirigeaient leur pointe vers le ciel.

« Mais qui sont ces gens ? » se demanda Lumick, tout étonné de ce surprenant spectacle.

Soudain, un bruit derrière lui. Il eut à peine le temps de se retourner qu'une main agressive l'agrippa au collet et le poussa brutalement sur un énorme rocher. L'arrière de sa tête heurta la dureté de la pierre. Un faciès sans pitié avec des traits jaunes et verts sur les joues se colla au sien. Une bouche remplie de colère se mit à parler :
– Que viens-tu faire ici ?
– Je... eeeeuh... dit Lumick, étranglé par la main de l'individu.
– Ne sais-tu pas que tu es sur le territoire des Onondagas ? prononça l'assaillant.

Lumick tenta désespérément de retrouver une liberté de mouvement, mais l'homme en face de lui bloqua toute issue.

– Lâche-le ! dit une voix grave provenant d'un autre membre de la tribu.
– Mais c'est un visage pâle !

— Je te dis de le lâcher ! C'est peut-être celui que le Grand chef attend !

Lumick fut immédiatement soulagé de la tension à la gorge. Il s'écroula sur le sol, à demi-conscient.

« Amenons-le ! » dit celui qui venait tout juste d'apparaître.

On tira Lumick et, péniblement, il se remit sur pieds. La direction à suivre fut indiquée en le poussant sans ménagement. Visiblement, ce territoire était hostile.

À leur arrivée au camp, les chants et le tam-tam cessèrent. Tous aperçurent le jeune homme blanc qui semblait fortement ébranlé.

Un être habillé différemment des autres s'avança vers le nouveau venu. Sur sa tête, il portait un casque poilu avec des cornes de bison. Une sorte d'armure faite d'os était accrochée à son thorax, en plus des quelques colliers qui pendaient à son cou. À chacun de ses pas, Lumick sentait les vibrations du sol. Une force inébranlable accompagnait cet homme qui transportait sans aucun doute quelque chose de grand, de peu commun. La profondeur de son regard devenait difficilement supportable pour un non-habitué.

— Grand chef Wakata, nous avons trouvé ce visage pâle sur le haut de la falaise, dit celui ayant mis un terme à l'agression sur Lumick.
— Bien. Asseyons-nous, dit le Grand chef.

Un silence observateur s'ensuivit. Après un temps, Wakata reprit la parole :
« Les signes m'ont annoncé la venue d'un homme blanc porteur d'un grand message pour notre nation… Es-tu cet homme ? »

La question fit sursauter intérieurement Lumick. Il retrouva alors sa présence d'esprit et répondit, après quelques secondes d'hésitation :

— Je ne sais pas si je suis celui que vous attendez. Tout ce que je peux vous dire, c'est que je suis en quête de l'élixir de vie.

— Tu parles de l'eau-de-vie ? De cette eau que les hommes blancs prennent et qui apporte les rires ou les pleurs ?

— Non, non. Des légendes disent qu'il existe une sorte de potion magique qui permettrait à l'être humain de vivre pendant des centaines d'années et d'atteindre l'immortalité.

À ces paroles, le Grand chef sut. Les signes ne l'avaient pas trompé. Il sut aussi que Lumick ne savait pas.

Visualisant l'empreinte de doigts au cou et une abrasion toute fraîche sur le bras droit de Lumick, celui aux commandes fixa du regard le responsable de ces blessures, que l'on appelait Griffe d'ours. Puis, à la victime, il dit :

— Sais-tu pourquoi un des nôtres t'a agressé tout à l'heure sur le haut de la falaise ?

— Honnêtement, je ne le sais pas, répondit Lumick.

— Laisse-moi te raconter… Il y a bien longtemps, notre peuple vivait en harmonie avec Mère Terre et le Grand Esprit. Puis l'homme blanc est arrivé et a revendiqué le territoire. Pour arriver à ses fins, il a décimé des villages entiers et massacré des hommes, des femmes et même des enfants. Cela a causé un très grand désordre. Maintenant, chaque tribu tente de protéger la culture et les traditions de nos ancêtres. Vois-tu, notre peuple transporte encore la peur, la haine et la colère vis-à-vis de l'homme blanc.

Après quelques respirations profondes, Wakata eut d'autres mots à dire :

« Mère Terre a déjà reçu trop de sang. Sois le bienvenu. Reste parmi nous le temps qu'il te sera favorable. Tout ce que je te demande, c'est qu'à ton départ, tu nous livres le message pour lequel tu es venu. »

Lumick acquiesça de la tête. Le Grand chef se releva et lui tourna le dos.

* * * * *

Durant les premiers jours, Lumick s'était vraiment senti étranger à ces gens de par leur culture, leur langue et leurs coutumes. Jamais il n'avait côtoyé de si grandes différences extérieures avec d'autres êtres humains. Rien ne ressemblait à l'environnement de son village d'enfance, et encore bien moins à celui de Tébuzin.

D'un autre côté, une sensation très bizarre et incompréhensible l'habitait. Quelque part à l'intérieur de lui, une résonance semblait le mettre en lien avec ce peuple en ayant l'impression de le connaître depuis longtemps.

Les Onondagas vivaient au rythme des éléments de la nature. Le soleil, la lune, le vent, l'eau et la terre influençaient grandement leur quotidien. Toute activité ne pouvait se faire que si elle se reliait à un esprit, que ce soit la chasse, les récoltes ou un quelconque rituel. Il y avait, selon eux, une harmonie à entretenir avec la création et toute forme de créature. Le Grand Esprit veillait sur eux.

Lumick se lia d'amitié avec un homme appelé Loup chantant. On le nommait ainsi car la nuit, quand les loups hurlaient, il imitait leur cri et dialoguait avec eux. De plus, lorsque cela était nécessaire, il s'éloignait à cheval pour ramener du petit gibier afin d'aider ses parents, frères et sœurs à se nourrir.

— Je peux venir avec toi ? demanda un jour Lumick.
— Bien sûr ! Et si tu le désires, je peux t'emmener voir l'aigle doré !
— Oui, d'accord ! répondit l'autre, surpris de cette proposition.

63

Ils partirent tous les deux sur la même monture et dans une direction très précise. Après une assez longue randonnée sur le plat, Lumick et son compagnon se rendirent sur une colline. L'air chaud et sec donnait peu de chance à la végétation. Une surface rocailleuse les accueillit en leur souhaitant subtilement la bienvenue.

Au sommet, ils s'arrêtèrent et descendirent du cheval. Loup chantant murmura quelque chose à l'oreille de la bête et lui donna ensuite une tape amicale sur le flanc gauche. L'animal en profita pour partir au loin.

— Tu le laisses partir ? demanda Lumick.
— Ce cheval est aussi libre que toi et moi. Ne t'inquiète pas, il reviendra.

Ils allèrent s'asseoir sur un énorme rocher. Une vue sur un horizon sans fin s'offrait à eux. Quelques nuages d'un blanc ouaté parsemaient le ciel.

« Tiens, prends cela », dit le jeune homme à la longue chevelure, en donnant à Lumick un gant fait de peau de chèvre.

Puis, il continua :
« L'oiseau est un intermédiaire entre le ciel et la terre. Il apporte nos prières au Grand Esprit. L'aigle doré, lui, grâce à sa capacité de voler très haut, peut nous aider à voir une situation davantage en hauteur pour mieux comprendre ce qui peut nous sembler difficile. C'est ce que l'on appelle la vision de l'aigle. Prépare-toi, il arrive ! »

Lumick eut soudain la frousse. Allait-il vraiment voir un aigle tout près de lui ? Cet oiseau ne mangeait-il pas habituellement de la chair fraîche ?

Au loin, une silhouette avec des ailes majestueusement déployées flottait dans les airs et se déplaçait avec grâce. Le prince du ciel se dirigeait vers les deux hommes. Rendu à une trentaine de mètres, il n'osa s'avancer davantage et continua de tourbillonner à cette distance.

— Tu as trop peur. Calme-toi, dit le jeune Onondaga à Lumick.
— Euh... oui, tu as raison, dit nerveusement l'apprenti.

Lumick ferma les yeux et, dans la noirceur de son introspection, il sentit sa respiration prendre un rythme plus détendu. En revenant à la lumière du jour, l'aigle n'était plus qu'à une dizaine de mètres. Puis, tranquillement, avec une grande agilité, l'oiseau vint se poser sur la main du plus expérimenté.

« Tu vois, il n'y a pas de raison d'avoir peur », dit ce dernier.

À ces mots, l'anxiété de Lumick se transforma en émerveillement. Il vit la beauté dans le plumage aux allures royales. L'oiseau démontrait la prestance de celui qui règne sur un grand territoire.

— Il veut te dire quelque chose ! prononça Loup chantant.
— D'accord, rétorqua son voisin en levant sa main droite pour accueillir l'aigle doré.

D'un bond, le chasseur aérien atterrit sur l'index et le majeur de Lumick. Dans un mouvement synchronisé, le vent arrêta soudainement de souffler, les nuages s'immobilisèrent et le soleil freina pour un instant sa course dans le ciel. À nouveau, Lumick ferma les yeux.

« Va au-delà de l'écrasement. Monte en hauteur et utilise mes yeux, tu y verras mieux », entendit-il.

Sans attendre une seconde de plus, les pattes qui enrobaient les doigts reprirent leur envol, permettant ainsi aux ailes de devenir à nouveau le support contre la gravité terrestre. Lumick fut étonné de cet écho intérieur. Mais que voulait dire l'aigle doré ?

Quelques secondes plus tard, un bruit de galop s'approcha. Leur fidèle compagnon revenait les chercher. Ils rentrèrent au camp juste avant la fin du jour.

* * * * *

La nuit qui suivit la rencontre avec l'aigle doré fut bien différente des précédentes. Lumick n'arrivait nullement à fermer l'œil. Les interrogations qui habituellement ne faisaient que venir et repartir au gré du vent ne le quittaient plus. Peut-être attendaient-elles maintenant qu'une réponse satisfaisante émerge consciemment pour disparaître de façon définitive.

Mais quel était donc le lien invisible et difficilement descriptible l'unissant à ce peuple ? Qu'avait-il en commun avec ces gens ? Et pourquoi l'aigle doré avait-il parlé de l'écrasement ?

Au-delà de ces tergiversations mentales, quelque chose bouillonnait de façon exponentielle à l'intérieur de lui, comme un volcan juste avant l'éruption. Il demeurait incapable cependant d'y mettre des mots et d'en extirper le malaise.

Le corps de Lumick voulait indéniablement se faire entendre. Des gouttes de sueur commençaient à perler sur son front et une transpiration s'installait dans son dos. Était-ce un signe de fièvre ?

Une sensation de brûlure habitait également sans relâche le haut de son ventre. À chaque inspiration, cette douleur vive diminuait l'amplitude respiratoire avec pour résultante une accélération de sa ventilation afin d'assurer une bonne oxygénation du sang. Il s'agitait physiquement et se mit à angoisser. Des picotements aux doigts et des étourdissements s'ensuivirent.

Son corps ne répondait plus aux commandes habituelles.

De sérieux vertiges provoquèrent la perte de ses références extérieures. Le sol croulait dans un oubli de le supporter. Ses forces vitales l'abandonnaient. Des visions d'hommes squelettiques et ensanglantés apparurent devant lui. Pris de panique, il cria :
« À l'aide ! À l'aide ! ! »

Au milieu de la nuit, une femme s'extirpa du tipi voisin. C'était Ridawé. Elle se précipita auprès de Lumick qui se débattait seul dans le noir.

« Mais calme-toi ! ! » dit-elle.

Une autre femme arriva promptement :
— Que se passe-t-il ? demanda cette dernière, pendant que Lumick continuait à lutter contre des forces qui semblaient vouloir l'envahir.
— Je ne sais pas. Va chercher le chaman... vite ! s'exclama Ridawé.

Peu de temps après, un homme mystérieux pénétra dans la tente. Il était vêtu de bracelets et d'une peau de renard à la ceinture et sa main tenait fièrement un bâton de sagesse qui le devançait à chacun de ses pas.

En apparence, Lumick se calma mais des secousses rapides alimentèrent ses membres. Il perdit conscience de ce qui se passait autour de lui. L'agitation extérieure se transforma en agitation intérieure. Un combat y faisait rage.

Le chaman sut rapidement ce qui se passait :
« Apporte-moi les herbes, surtout de la sauge et du cèdre ! » dit-il à Ridawé, ce qu'elle fit en peu de temps.

Dans son rituel de purification, l'homme aux dons occultes fumigea l'endroit et le corps de Lumick.

«Il traverse les mondes inférieurs et croise ses propres démons. S'il est assez fort, il reviendra. Sinon, il y restera. Nous pouvons l'aider en priant le Grand Esprit de l'accompagner», dit-il.

On entendit alors de vibrantes incantations pour que Lumick effectue le passage sans y périr.

Pendant ce temps, une lutte se livrait dans les entrailles de la terre. La conscience de Lumick s'y était déplacée. Il plongea dans un monde très obscur et des scènes atroces se déroulaient devant lui. Des gens tués à coups d'épée, de fusil et de flèche. D'autres torturés et victimes de supplices interminables. Une mare de sang se mélangeait à des cris de douleur. Lumick ne savait plus si cette violence provenait de lui ou s'il n'en était que le témoin. Se voulait-il acteur de ces scènes ou plutôt spectateur?

Puis, au fil de ces visions déferlait l'impression étrange que dans un passé appartenant à d'autres vies, sa nature humaine avait pris part à ces horribles tragédies.

Les images continuaient à se succéder à un rythme accéléré. Pendant ce temps, de façon sournoise, les ténèbres aspiraient son énergie dans un mouvement régulier de succion. Des milliers de larves et de vers le prirent d'assaut en se mettant à la gueule un copieux repas. L'odeur de sa propre mort se fit sentir. Complètement perdue, la conscience de Lumick s'engouffrait dans les méandres de la noirceur et n'arrivait plus à retrouver ni chemin, ni trace de lumière.

De l'autre côté, Ridawé s'inquiétait de plus en plus. En appliquant un tissu légèrement mouillé sur le front de celui se trouvant allongé, elle s'aperçut de la blancheur du visage, encore plus pâle qu'à l'habitude. Le pouls faiblissait. Sans perdre un instant, elle fit part de ses observations au chaman. Ce dernier amplifia l'intensité de ses chants invocatoires.

Dans ce qu'il lui restait de vie, Lumick perçut des ailes en dessous de lui et reconnut une présence. Avec la force d'un espoir moribond, il communiqua faiblement :
« Aigle doré… élève-moi ! »

Alors s'initia un mouvement ascensionnel vers un autre monde, celui que les Onondagas appellent le monde supérieur. Nulle forme d'obscurité et de densité ne pouvait résister à ce courant. La mort disparut.

Lumick s'aperçut que sa conscience se retrouvait maintenant sur le dos de l'aigle doré, en plein vol. Un vent de liberté l'enveloppait enfin.

— Il s'en est fallu de peu ! s'exprima le prince du ciel.
— Merci d'être venu à ma rescousse !
— Il faut que tu apprennes à t'élever… Regarde comme il est facile du haut du ciel de percevoir les êtres humains, ce qui les anime, ce qui les tenaille, dit l'aigle doré.
— En effet, ce qui peut nous sembler bien gros paraît tellement petit lorsqu'on le regarde à vol d'oiseau, renchérit Lumick.
— Comprends-tu mieux maintenant ce qui te lie à ce peuple ?
— Oui, j'ai saisi certaines choses.
— Bien. Pour le reste, le Grand chef t'expliquera. Il est maintenant temps de retourner dans ton corps.

En une fraction de seconde, la conscience de Lumick reprit sa place dans son véhicule physique. Celui que Ridawé veillait affectueusement se mit à bouger les membres et ses lèvres asséchées demandèrent à boire. Ce fut un soulagement immédiat pour elle. Le chaman épuisé se retira après deux longues journées d'intenses prières.

– Dites au Grand chef que j'aimerais lui parler, dit Lumick d'une voix à peine audible.
– Plus tard, dit Ridawé, avec un demi-sourire.

Lumick se rendormit aussitôt. Le guerrier devait maintenant se reposer.

$$* \quad * \quad * \quad * \quad *$$

Quelques jours passèrent, le temps que Lumick reprenne toutes ses forces. Il se rappela qu'à son arrivée chez les Onondagas, le Grand chef avait mentionné qu'il détenait un message important pour son peuple. Son récent voyage à travers les mondes lui donna l'occasion d'extraire de sa propre terre intérieure des éléments intéressants à partager.

Au cours d'une journée sans nuage, un individu s'avança vers Lumick pour lui transmettre quelques mots :
– Wakata désire te voir lorsque le soleil sera complètement caché derrière la montagne, prononça-t-il.
– Dites au Grand chef que j'en serai fortement honoré, répondit le jeune homme.
– Je lui dirai, mentionna l'autre.

Le reste de la journée permit à Lumick de mettre de l'ordre dans ses pensées. Il se dégageait maintenant une clarté dans son lien avec les Onondagas.

À la fin de son cycle quotidien, la partie inférieure de l'astre solaire touchait au sommet d'une montagne et sa disparition complète s'amorçait. Dans quelques minutes, le jeune homme se montrerait devant le Grand chef.

En sortant de son abri, une surprise de taille attendait Lumick. Des hommes, des femmes et des enfants s'étaient rassemblés devant le tipi de Wakata. Dans l'enclos à cheval, les bêtes s'accolaient sur la clôture de bois et se tournaient dans une même direction. Elles aussi voulaient prendre part à l'événement en tant qu'auditeurs.

Dans son for intérieur, Lumick ne pensait que s'entretenir avec le Grand chef, mais c'est à tous qu'il devait s'adresser.

Wakata sortit de son repère. Il était coiffé d'une couronne de plumes qui descendait le long de son dos. Cette parure haute en couleur exprimait la dignité et la prestance d'un homme aux commandes de la destinée d'une nation. Lumick ressentait une profonde admiration devant cet être dont l'émanation semblait se rendre jusqu'aux confins de l'univers.

En peu de temps, les deux individus firent face à l'assemblée. Les premières secondes permirent à Lumick de regarder la foule et d'apercevoir à l'horizon un ciel coloré d'un rouge-orange bien vif.

« Amis, frères et sœurs, nous sommes tous ici réunis pour écouter celui que nous avons accueilli. Je l'invite à raconter ce qu'il sait », dit le Grand chef.

D'un seul trait, les regards se tournèrent vers Lumick. Ses cordes vocales se mirent en action nerveusement :
« Les jours qui ont suivi mon arrivée ici, je me suis demandé plusieurs fois ce qui me reliait à vous et ce qui vous reliait à moi, car je sentais que malgré nos différences, nous avions des ressemblances. Mais je n'arrivais pas à vraiment comprendre. Puis j'ai eu la chance de rencontrer l'aigle doré qui m'a dit : *"Va au-delà de l'écrasement."* Encore là, une incompréhension persistait. Il y a quelques jours, une lueur m'a permis d'éclaircir tout cela », dit-il, d'un ton plutôt ému.

Puis, se gonflant d'assurance, Lumick en teinta son discours :

« Vos ancêtres ont été massacrés et des séquelles il en est résulté pour votre peuple. En vous il se trouve des marques profondes d'avoir été écrasés, mais vous devez aller au-delà de cet écrasement pour faire vivre ce dont vous êtes porteurs, car vous êtes porteurs d'une sagesse et d'une connaissance dont l'humanité a grandement besoin », dit-il, sur une note empreinte d'exactitude.

Avec étonnement, l'audience capta ces phrases provenant d'un homme blanc. Lumick n'osa bouger, préférant garder ses pieds au même endroit que la dernière syllabe qu'il avait prononcée.

Le Grand chef prit la relève :
« Dans le cycle perpétuel de la vie, nous sommes tous reliés à Mère Terre et au Grand Esprit. Qu'importe la couleur de notre peau, nous faisons tous partie d'une immense toile invisible. »

L'auditoire acquiesça de façon unanime et tous les participants se rallièrent à leur dirigeant.

« Allumons maintenant le feu et célébrons notre sœur la lune qui sera bientôt dans le ciel ! » conclut Wakata.

Un déplacement de groupe s'initia dans de multiples directions. Certains se dirigèrent vers l'endroit où une fumée allait prendre la direction des étoiles, alors que d'autres regagnèrent leur abri pour y revenir avec un tam-tam.

Seul le Grand chef et Lumick restèrent sur place. L'homme teinté de rouge prit la parole :
« Les signes m'avaient annoncé qu'un visage pâle viendrait jeter un baume sur les blessures de mon peuple. Il reste encore des pas à franchir mais un mouvement de guérison s'est amorcé. L'homme blanc, lui, s'est éloigné de la nature, et ainsi de sa propre nature. Il a créé beaucoup de désordre. Un jour, il

reviendra vers des valeurs qui le remettront en contact avec le monde des esprits et ainsi nos deux peuples seront réconciliés. J'ai bien vu à ton arrivée sur ce territoire que derrière l'apparence de ta peau, tu es un des nôtres. »

Une boule d'émotion monta à la gorge de Lumick. Ses yeux se remplirent d'eau et ne purent retenir un flot qui voulait s'écouler. Il pleura, pleura et pleura. Pendant un long moment, Wakata le prit dans ses bras, sans mot dire.

Bien plus que des larmes coulèrent sur les joues de Lumick. Une charge lourde se délestait de son poids. Il transportait depuis sa tendre enfance, l'incompréhension d'une profonde différence avec les êtres de même couleur et de même culture que lui. Ces pleurs se voulaient l'extraction d'un sentiment de perdition ainsi que l'expression d'une joie de reconnecter enfin une partie de lui-même. Il retrouvait une famille à laquelle il appartenait depuis toujours.

Des paroles finirent par sortir de la bouche de Lumick :
– Quelle étrange sensation que de retrouver des frères et des sœurs… et en même temps de savoir que dans peu de temps, il me sera préférable de partir d'ici.
– Ta route est celle d'un grand voyageur. S'il t'arrive de ne plus savoir quelle direction prendre, demande aux esprits de la nature. Ils te guideront, dit le sage homme.

Dans un geste fraternel, le Grand chef invita Lumick à se joindre à ceux et celles qui chantaient et dansaient autour du feu.

La grande traversée

Une mer plutôt calme attendait l'impressionnant navire sur lequel Lumick avait pris place en tant que passager. D'autres comme lui décidèrent de défier cette masse d'eau qui parfois se fâchait et emportait dans ses profondeurs les plus fragiles bateaux.

Après avoir accepté la pièce d'or de Lumick pour le voyage, le capitaine moustachu l'assura de la solidité de son embarcation. Le trois-mâts avec ses voiles déployées permettrait d'effectuer la traversée en seulement quelques jours, aux dires de l'homme qui commandait la destinée du navire.

C'est en regardant l'horizon que Lumick se rappela les derniers moments chez les Onondagas. Une vibration ininterrompue avec leurs coutumes et traditions résonnait si fortement à l'intérieur de lui.

« Étrange comme parfois on peut être si loin et si proche à la fois », se dit-il.

La nuit qui suivit son allocution devant le peuple du Grand chef Wakata, il refit le même rêve qu'à Tébuzin. Son sommeil l'emmena dans une région du monde où se trouvaient des gens à la peau noire. Cette traversée devait justement l'amener sur une terre qui abritait des humains de couleur très foncée.

Juste avant d'embarquer sur le navire, il croisa deux personnes qui lui déconseillèrent fortement de prendre le large, prétextant qu'il s'en allait vers un endroit de sécheresse et de pauvreté. On lui parla également des gigantesques serpents de mer se nourrissant d'équipages qui tentaient d'effectuer la traversée de l'océan.

Tout cela le fit hésiter, mais qu'importe ce qui l'attendait : Lumick préférait suivre la direction de ses rêves. Son désir de trouver l'élixir de vie et la pilule d'immortalité surpassait la peur de l'inconnu.

La mer lui offrait un spectacle de qualité malgré la houle qui plongeait parfois son estomac dans une sorte de tourbillon vertigineux. Dans les moments d'accalmie, il revécut en accéléré le trajet parcouru depuis son village natal jusqu'à aujourd'hui. La visite au château du roi, la rencontre avec Cléophas, son arrivée à Tébuzin, Jézad, puis son passage chez les Onondagas. Une paix intérieure confirma que la route empruntée jusqu'à maintenant était la bonne et qu'il se trouvait à la juste place.

Après douze jours de navigation, une terre ferme au loin se dessinait. Le capitaine et son équipage arboraient de larges sourires de satisfaction. Une nouvelle fois, l'océan permit à ce navire de le traverser.

Kétiyou

« Qu'il fait bon remettre les pieds sur le sol ! » se dit Lumick à la descente du bateau.

Il redécouvrait la sensation du contact de ses pieds avec une surface durcie sans que le corps se balance sur les côtés. La non-mouvance sous les semelles apportait une stabilité à sa vision périphérique du monde extérieur. Mais il n'eut pas le temps de s'attarder vraiment à ces sensations car à peine les premiers pas franchis hors du navire, des gens s'approchèrent pour lui offrir un hébergement à une somme supposément modique.

Pour la première fois, des êtres à la peau noire il rencontrait. Cependant, l'ambiance semblait peu amicale car Lumick perçut rapidement que l'on voulait surtout tirer profit de son pécule. Cette réflexion l'amena à accélérer le pas sans trop regarder à gauche ni à droite pour ainsi se libérer progressivement de cette meute d'individus.

Il marcha pendant une bonne heure pour explorer ce nouvel endroit. La ville s'appelait Kétiyou. Au-delà des véhicules à moteur assez vieillots qui se déplaçaient comme ceux de Tébuzin, une infortune se cachait derrière les façades des bâtiments. Dans la plupart des ruelles s'élevaient des abris d'une solidité incertaine où plusieurs membres d'une même famille vivaient dans un espace restreint, sans commodité apparente.

Lumick voulait fuir les bruits agressants du milieu urbain. Il sentait surtout le besoin de connaître la tranquillité et la profondeur de ce vieux continent. Avec son baluchon, il prit un transport public et sortit de Kétiyou.

Cette route cahoteuse l'amena de plus en plus loin dans cette terre où l'humanité semblait avoir pris racine. Il passa des jours à voyager dans différents types de véhicules plutôt désuets et d'un confort douteux. L'état de la chaussée demandait parfois au chauffeur certaines prouesses d'évitement et une réduction considérable de sa vitesse.

Lumick rencontra quelques commerçants, mais surtout des paysans qui tentaient désespérément de récolter une nourriture à partir d'un sol aride. La population souffrait d'un manque évident d'apports alimentaires. Tous les jours, le soleil régnait dans le ciel et brillait de tous ses feux en asséchant la croûte terrestre.

Des doutes commençaient à l'assaillir concernant cette destination choisie. Il avait parfois l'impression de s'éloigner de l'élixir de vie et de la pilule d'immortalité. Mais pourquoi était-il venu dans cette région du monde où l'état de survie demeurait une préoccupation quotidienne ?

L'Arbre éternel

Après deux crevaisons et six heures de voiture sur des routes poussiéreuses et inégales, Lumick ne demandait qu'à se reposer. Son corps fatigué voulait seulement s'étendre. Le petit village où il s'arrêta n'abritait qu'une centaine de personnes.

« Viens, nous passerons la nuit chez mon cousin Nabiwou ! » dit le chauffeur, qui connaissait bien ce territoire.

On lui offrit donc l'hospitalité. Au cours du repas, une histoire bien particulière fut racontée. Il existait semble-t-il en ces zones arides un arbre immense qui jamais ne perdait ses feuilles et qui rayonnait de verdure en résistant à tout assaut d'assèchement du sol. Une force de vie phénoménale le distinguait de ses confrères.

— Vous avez une idée de l'âge de cet arbre ? demanda Lumick.
— Il n'a pas d'âge. Les sorciers disent qu'il est né dans un temps où il n'y avait pas de temps. On l'appelle l'Arbre éternel, répondit Nabiwou.

Avant de s'endormir, Lumick s'aperçut que ce récit avait rallumé chez lui une flamme intérieure, qu'importe la véracité ou la fausseté de son contenu. Il ressentit l'excitation des battements de son cœur projetant à chaque seconde une dose de vitalité dans son corps. L'espoir de sa quête renaissait après de longues journées de brume cérébrale.

Le lendemain, une certaine agitation extérieure prit forme autour d'un point central. Des femmes et des enfants se regroupaient pour assurer leur survie quotidienne. Beaucoup parmi eux venaient de villages voisins, ayant même parcouru plusieurs kilomètres à pied.

— Oumébo, que se passe-t-il ? demanda Lumick au chauffeur de la voiture.

— Ces gens se rassemblent car on vient leur porter une ration de nourriture une fois par semaine.

— Allons voir !

En arrivant près de l'attroupement, un spasme au thorax se manifesta sans préavis chez Lumick. Il venait tout juste d'apercevoir une jeune femme à la peau blanche qui attribuait des tâches à du personnel. Certains devaient peser et mesurer les enfants, alors que d'autres se chargeaient du partage des vivres.

Lumick engagea le dialogue :

— Bonjour ! dit-il.

— Euh... bonjour ! dit la jeune femme, surprise par l'étranger.

— Vous avez besoin d'aide ?

— Pas vraiment, merci. Chacun est à son poste. Mais qu'est-ce que vous faites ici ? dit-elle.

— C'est une longue histoire, répondit Lumick, ne voulant pas entrer dans les détails.

Ils échangèrent ensuite pendant quelques minutes. Voulant poursuivre la discussion, la voix masculine demanda :

— J'ai entendu parler de l'Arbre éternel. Est-ce que cela vous dit quelque chose ?

— Oui, bien sûr, j'habite tout près. Si cela vous tente, venez avec moi après cette distribution.

Ainsi, les deux partirent dans le même engin motorisé. À mesure qu'ils parcouraient le chemin, le décor devenait de plus en plus sablonneux et la végétation s'espaçait pour laisser place graduellement à un milieu semi-désertique. L'eau venant du ciel ne tombait que rarement.

Durant le trajet, Lumick fit la connaissance de Séphira, une charmante demoiselle aux yeux diamantés qui travaillait depuis seulement un mois dans ce pays. Éduquée dans un milieu aisé, elle rêvait depuis sa plus tendre enfance de partir au loin et d'aider les plus pauvres parmi les pauvres.

Le véhicule s'arrêta quelques fois pour donner à nouveau de la farine, des grains de blé et des biscuits aux habitants démunis qui vivaient dans de modestes huttes. Des chiens et des chèvres amaigris circulaient parfois aux alentours. À certains endroits, des femmes marchaient plus d'un kilomètre pour ramener de l'eau potable dans leur cruche qu'elles transportaient sur la tête.

Enfin, après une longue route, le camion humanitaire arriva à Mubaillo, revenant ainsi à son point de départ du matin. Plus de deux mille personnes habitaient ce village, dont plusieurs enfants.

Un emblème crucial d'espoir et de fertilité y trônait depuis des siècles, peut-être même des millénaires. Le scepticisme de Lumick disparut. L'Arbre éternel existait vraiment.

Un tronc large d'une solidité intemporelle prolongeait ses racines jusqu'au centre de la Terre. De là, une énergie créatrice et féconde le nourrissait à chaque instant. L'éclat de son feuillage vert émeraude démontrait clairement une suprématie. Il témoignait que même dans les zones les plus sèches, des semences de vie existent toujours.

* * * * *

Au cours des semaines qui suivirent, Lumick se lia d'amitié avec Hussybé, un homme ayant probablement le double de son âge. Cet être savait adopter l'attitude juste en chaque circonstance.

Un jour, un décès survint dans le village, qui n'en était malheureusement pas à son premier. Un enfant de trois ans décida d'arrêter de combattre et de cesser tout mouvement respiratoire. Sur ses joues creuses, la mère versait des larmes de chagrin qui trahissaient aussi une peur que le même destin sans pitié frappe à nouveau sa marmaille vulnérable.

Grandement perturbé par cette situation, Lumick partit s'asseoir sur un rocher près de la hutte familiale d'Hussybé. Ce dernier l'aperçut et comprit rapidement son état d'âme à travers l'expression corporelle. L'homme à la barbe parsemée de poils blancs alla le rejoindre.

« Tu sais, la mort fait partie de la vie, dit-il, en exprimant une de ses croyances. Bien sûr, c'est un événement triste... Ici, nous vivons en côtoyant la mort et en étant bien conscients de la fragilité de notre existence, mais nous savons que la mort n'est pas une fin en soi; elle n'est que le début d'une autre forme de vie. »

Un éclair intérieur traversa Lumick en nettoyant les pensées lourdes qu'il entretenait. Hussybé trouva les mots appropriés pour calmer son désarroi et son incompréhension.

— Merci de ta sagesse, dit le plus jeune.
— L'Arbre éternel peut aider à approfondir ces choses, poursuivit l'autre, en partageant un instant de fraternité avec son compagnon.

Les jours qui suivirent, Lumick perçut différemment ce peuple qui vivait dans des conditions difficiles. Dépourvus de tout artifice, les habitants se rattachaient à la terre, à leur famille, à leurs croyances, en touchant à l'essentiel. Leur situation les rapprochait involontairement de la mort, d'où peut-être leur capacité à percevoir la vie.

* * * * *

Après plus de quatre mois sur ce territoire asséché, aucune goutte de pluie n'osa rompre le dessous d'un nuage pour tirer profit de l'effet gravitationnel. Le soleil prenait rarement un répit et ses rayons se projetaient sur l'écorce terrestre avec une ardente intensité.

Nulle trace non plus de l'élixir de vie et de la pilule d'immortalité. Séphira connaissait maintenant le parcours de Lumick et même les raisons de sa quête. Elle ne possédait aucune information pouvant orienter le voyageur vers la résolution de son énigme.

Dans un moment entre l'éveil et le sommeil, Lumick eut l'idée de s'entretenir avec l'Arbre éternel. Ce dernier gardait fière allure et ne semblait nullement connaître la souffrance ou le manque.

Il attendit l'amorce de la pénombre pour se présenter devant le feuillu sacré. Une certaine fraîcheur remplaçait la canicule diurne. Quelque chose dans l'Arbre éternel lui rappelait le Grand chef Wakata. Tous les deux semblaient tirer profit d'un enracinement similaire et d'un lien particulier avec des énergies célestes.

Apportant une demande précise, Lumick se recueillit quelques instants. L'introspection lui permit de ressentir une douceur invisible enveloppant son corps, ce qui amena l'état propice au dialogue :
— Sois le bienvenu, dit la vénérable création.
— Merci de m'accueillir.
— Que veux-tu ?
— J'aimerais savoir si vous connaissez le secret de l'élixir de vie et de la pilule d'immortalité.
— Oui, répondit sereinement l'Arbre éternel.

Stupéfait, Lumick figea de la tête aux pieds. Même ses muscles respiratoires arrêtèrent leur mouvement pendant quelques secondes. Nombre de fois avait-il reçu une réponse négative à cette question, si bien que ses attentes avaient perdu de l'ampleur avec le temps. Mais aujourd'hui, un retour affirmatif.

Visiblement secoué, Lumick ajouta :
— Eh bien, quel est-il ?
— Pourquoi penses-tu que je ne manque pas d'eau ? questionna le végétal.
— Parce que… parce que… vos racines sont très profondes ?
— En effet, mes racines se rendent jusqu'au centre de la Terre.

Lumick espérait une réponse plus détaillée, mais il s'aperçut finalement qu'il devait prendre l'initiative de la prochaine intervention :
— Mais comment puis-je posséder d'aussi longues racines ?
— Nourris-toi vraiment de l'intérieur et tu n'auras plus besoin d'eau. Il coulera alors en toi une sève qui ne meurt jamais.
— C'est cela le secret ? demanda Lumick.
— L'important n'est pas le but, mais le cheminement qui t'amène au but. Je ne peux t'en dire davantage, conclut l'Arbre créateur de vie.

Quelques fractions de seconde après ces paroles, la couche d'énergie protectrice autour de Lumick le quitta, ce qui mit définitivement un terme à la conversation.

Une légende commençait enfin à se dévoiler et à montrer une minuscule partie de son visage. Le départ de son village natal ne provenait donc pas d'une folie.

* * * * *

La saison des pluies approchait à grands pas pour qu'enfin le sol et la végétation puissent s'abreuver après un jeûne excessif.

Finalement, après une attente interminable, l'eau du ciel tomba drue. Tous se réjouirent que leurs prières soient enfin exaucées. Plusieurs dansaient et chantaient l'hymne à la joie dans les rues lors de la chute des premières gouttes, comme si de l'or pur jaillissait des nuages.

Après deux semaines de pluies abondantes, un cours d'eau près de Mubaillo reprit son titre de rivière. Toute expression de verdure ayant survécu à l'atrophie de la sécheresse et regorgée par le précieux liquide renaissait avec une nouvelle parure.

Pendant que Lumick et Hussybé discutaient, le fils de ce dernier apporta sa dernière acquisition provenant d'un marchand itinérant. Il s'agissait d'un miroir ovale entouré d'un cadre violet. Pour la première fois depuis son arrivée à Mubaillo, Lumick se regarda dans une glace pour y voir son propre reflet. Sur le coup, il eut peur. Peur de lui. Était-ce vraiment son visage ?

Ses tempes s'enfonçaient dans le squelette facial de même que l'orbite de ses yeux. La proéminence de l'os des joues dénotait une perte de poids importante et sournoise. Il s'aperçut que son crâne qui se garnissait auparavant de cheveux avait subi une chute drastique du nombre de ses occupants pileux.

La conclusion devenait évidente. Il fallait que Lumick quitte bientôt ces terres arides car il risquait d'y laisser sa peau. Même si la tête voulait rester, le corps demandait à partir.

Un couteau à la pointe fine pénétra son cœur peu armé contre les déchirements. La personnalité cristalline de Séphira permit à Lumick de vivre des moments d'authenticité et de transparence. Beaucoup d'affection pour elle. Hussybé resta d'une grande fidélité jusqu'à la fin. Il leur fit ses adieux.

Pokar

Après plus de trois semaines de transport terrestre en direction du nord, Lumick quitta le continent Noir. Il voulait d'abord et avant tout séjourner en un lieu pour y vivre un repos bien mérité.

Sous les recommandations d'un commerçant, il prit un bateau avec d'autres passagers. Comparativement à son premier voyage en mer, la masse d'eau bleutée ne possédait pas la même superficie et se révélait beaucoup plus calme.

Deux jours complets de navigation suffirent pour se rendre à Pokar, une île où les gens venaient pour la beauté de ses plages et aussi pour goûter à un rythme qui permettait de ralentir l'horloge du temps.

Le corps physique de Lumick demandait une récupération de ses forces vitales. Il put dormir amplement et surtout remplir son estomac aussi souvent que ce dernier l'exigeait. Ainsi, après quelques semaines, il retrouva progressivement son poids habituel.

Assis confortablement sur le sable chaud, au beau milieu d'un après-midi sans nuage, pour la première fois le voyageur solitaire toucha à une profonde zone d'ennui. Il songeait à l'amour de son père pour la terre qu'il cultivait, à l'attention d'une mère lui préparant de chauds repas, aux multiples taquineries de son frère et de sa sœur. Qu'étaient-ils tous devenus ? Pensaient-ils encore à lui ?

Une tape sur son épaule gauche le sortit de sa torpeur. Son regard interrogateur se déplaça rapidement mais ne trouva personne. Puis une autre tape, cette fois-ci à droite, le fit réagir. Il se retourna vivement.

— Helloooo ! ! fit un individu costumé de multiples couleurs.
— Ouf ! Vous m'avez fait peur ! dit Lumick, qui finit par sourire un peu.
— Je me présente : je suis Rirfou le clown ! dit-il, en faisant la révérence.

Cet individu aux abords ludiques et divertissants était unique en son genre, avec entre autres des cheveux jaunes frisés descendant jusqu'aux épaules et des souliers plus larges que nature, laissant des traces de pattes d'éléphant sur la plage.

Après un bref échange, Rirfou demanda à Lumick :
— Tu vas mieux maintenant ?
— Oui ! Pourquoi me demandez-vous cela ?
— Parce que je vais là où il y a de la tristesse pour qu'elle se transforme en joie ! dit le clown, en tournant allègrement en rond, heureux de percevoir l'effet bénéfique de sa simple présence. Tu veux venir chez moi ? poursuivit-il, en hochant la tête de haut en bas pour influencer positivement celui à qui il posait la question.
— Oui, oui… bien sûr ! dit Lumick, après une brève hésitation.
— Viens ! dit Rirfou.

Ils partirent tous les deux au village des clowns.

Clownville

Un lieu sortant de l'imaginaire le plus fertile existait sur l'île de Pokar. Des individus très différents de par leur apparence et leur personnalité se côtoyaient. Au-delà de cette hétérogénéité, une grande simplicité les reliait à des valeurs humaines de solidarité et de camaraderie, même dans leur dérision la plus totale. Ces habitants loufoques maîtrisaient un art peu commun, celui de faire apparaître une magie de l'instant par une créativité axée sur le rire.

Lumick rencontra plusieurs amis de son hôte. Il connut Perce-Oreille, Navet, Graffiti, Bilboquet, Train-Qui-Passe, Arpège, Gobe-Mouche, Atomique et Funambule. Tous, sans exception, se nourrissaient surtout de gaieté et de bouffonneries plutôt que d'aliments solides ou liquides. Leur entrain ne s'arrêtait qu'à l'heure du coucher avec peu de répit diurne.

Les premiers jours, Lumick ressentit des étourdissements et même des vertiges tellement leur rythme se voulait intense dans leur connexion avec la jovialité. Puis, avec l'habitude, des moteurs de joie s'installèrent en lui pour faciliter son rapport avec cette communauté à la fois enfantine et dynamique.

Régulièrement le soir, des douleurs aux muscles du ventre se manifestaient tellement Rirfou et sa bande offraient des occasions de s'esclaffer, parfois même jusqu'aux larmes. Les joues également lui signalaient presque quotidiennement une fatigue causée par des mouvements de drôlerie.

Dans toute cette légèreté, Lumick n'oubliait pas la quête de son aventure. Il se permit un jour de raconter la légende de l'élixir de vie et de la pilule d'immortalité à Rirfou, puis de lui demander s'il en savait quelque chose.

— Non… ça ne me dit rien, répondit le clown.

— Ah bon, prononça simplement son vis-à-vis.

— Mais laisse-moi te poser une question, dit Rirfou, qui pour une rare fois prit un ton plus réfléchi. Dans l'histoire que tu m'as racontée, avec quels ingrédients ont été faits l'élixir de vie et la pilule d'immortalité ?

— Selon la légende, il y avait toutes sortes d'herbes et d'épices, dit Lumick.

— Et dans ce que tu as appris avec nous, qu'est-ce qui pourrait se greffer à l'élixir de vie ? Qu'est-ce qui pourrait être un ingrédient servant à l'élaboration de la pilule d'immortalité ?

Lumick ne s'attendait nullement à ce genre de réplique. Comment Rirfou pouvait-il parler de ces choses avec assurance ?

— Hum… Je ne sais pas.

— Allez ! Réfléchis un peu !

— Ah oui ! La joie ! dit Lumick, tout content.

— Ha ! Ha ! T'as trouvé ! s'exclama le clown. Tu vois, l'important n'est peut-être pas le choix des ingrédients mais l'état intérieur dans lequel on fait les choses. Avec la joie, tout peut se transformer, même la maladie, enchaîna-t-il.

La discussion se poursuivit. Elle permit à Lumick de découvrir un être profond derrière les apparences du plaisantin. Ce dernier affichait un discours contenant une perspective élargie et une compréhension de certains mystères.

— En plus, ce serait bon que tu saches autre chose ! dit Rirfou, qui prenait l'allure d'un philosophe.

— Ah oui ? Quoi ?

— Tu es prêt pour la question ? dit l'homme au nez rouge, voulant attiser un peu l'impatience de son vis-à-vis.

— Oui, oui !

— Bon, voici… Quelle est la plus grande joie que l'on peut vivre ici sur Terre ?

– Je dirais… de rire ? De jouer ? D'habiter à Clownville ? répondit Lumick, en voyant l'autre répondre gestuellement par la négative à chacune de ses tentatives.

– Pas tout à fait… Alors penses-y et on s'en reparle, d'accord ?

– Tu ne veux pas me le dire ? insistait Lumick.

– Non, c'est à toi de le découvrir. Viens ! Allons voir notre ami Arpège qui va nous jouer de son violoncelle !

Ils partirent tous les deux en ayant plusieurs sourires dans leurs poches.

*   *   *   *   *

Le soir, Lumick resta songeur. Quelle pouvait bien être la joie la plus intense que l'on pouvait ressentir ? Où Rirfou désirait-il l'amener dans sa réflexion ?

Au-delà de ces interrogations, Lumick commençait à mieux percevoir les apprentissages possibles à travers le rire. Son ami clown lui enseignait que la légèreté et les rigolades pouvaient véhiculer une capacité à transformer les choses en profondeur.

Malgré cette effervescence de côtoyer les amuseurs de Clownville, une sensation ancienne et bizarre revenait parfois hanter Lumick. Son passage chez les Onondagas lui avait permis d'en colmater quelques brèches, mais un fond vaseux persistait avec obstination.

De temps à autre, une image intérieure et plaintive clarifiait ses contours : celle d'une brebis égarée. Un sentiment de perdition revenait parfois à la charge et insufflait à ses entrailles une nostalgie d'appartenir à une autre famille que celle qui l'avait vu naître, comme s'il venait d'ailleurs que par le biais de ses parents biologiques.

«Peut-être y a-t-il eu une erreur d'aiguillage», se dit-il, en pensant que malgré la sagesse de l'univers, un mauvais calcul s'était peut-être glissé concernant sa propre livraison sur Terre.

Dans un mélange d'idées, il se remémora ensuite des moments de sa vie où il avait vécu une joie intense. Plusieurs souvenirs d'enfance, mais surtout des instants de contemplation du coucher de soleil. Le temps semblait alors s'arrêter dans cet état fusionnel qui lui procurait parfois une sorte d'extase. Il retrouvait ainsi une sensation oubliée. Il se retrouvait.

«Peut-être que la plus grande joie sur Terre est cette impression d'être réuni à quelque chose de plus grand que soi», se dit-il, à nouveau.

Le lendemain, il attendit le moment opportun. Après un échange cocasse avec Rirfou et Gobe-Mouche, Lumick demanda un entretien avec son camarade. Se retirant de l'activité hilarante de Clownville, ils commencèrent à discuter :
— J'ai trouvé la réponse à ta question ! dit fièrement Lumick, qui partagea avec lui ses trouvailles de la veille.
— Bravo ! s'exclama joyeusement Rirfou. Est-ce que tu peux m'en dire un peu plus ?
— Non… pas vraiment.
— Bon. Savais-tu que nous, les clowns, nous sommes tous orphelins ?
— Non, je ne savais pas.
— Eh bien oui. Nous ne connaissons pas nos parents comme toi tu connais les tiens, mais nous savons tout de même qui est notre vraie mère et qui est notre vrai père.
— Ah oui ?
— En fait, notre mère, c'est la Terre. Alors que notre père, c'est le Ciel.

Derrière ce personnage coloré, s'en cachait un autre qui semblait connaître des trames importantes de l'univers.

« Notre joie la plus grande à Clownville, c'est de savoir que l'on est relié au Père du Ciel, c'est-à-dire au Père Céleste », dit Rirfou.

Voyant Lumick plutôt saisi par la tournure de cet entretien, il mit un zeste d'humour :
« Tu sais, le rire, ce n'est pas sérieux ! » dit-il, en se moquant amicalement de l'air pensif de son acolyte. Ce dernier n'eut d'autre choix que d'allumer à nouveau une étincelle de gaieté pour se mettre au même diapason.

*   *   *   *   *

Quelques jours plus tard, Lumick s'allongea sur un divan installé au coin d'une petite ruelle. L'heure semblait à la sieste, mais des mots qui ne désiraient nullement se perdre dans un sommeil s'activaient dans sa tête. Il ne restait qu'à les mettre en ordre pour qu'une compréhension émerge.

La veille, Rirfou lui avait mentionné :
« Tu vois, c'est simple, il ne s'agit que de mélanger le rire avec n'importe quel aliment que tu ingères et tu vivras en santé très longtemps ! »

Le dos appuyé sur des coussins douillets, Lumick finit par déduire que de cultiver constamment la bonne humeur ouvrait la porte à une longévité physique.

Ses pensées furent interrompues par un klaxon dérangeant la tranquillité de ses tympans. C'était Train-Qui-Passe. L'état habituel de ce dernier faisait place à une sorte de fébrilité non coutumière :
– Désolé, Lumick, mais je dois prendre le divan ! prononça-t-il.
– Ah bon… Vous allez le mettre à un autre endroit ?
– Non. Toute la ville déménage, il faut tout ranger !

— Vous déménagez ? Mais où allez-vous ?

— Je ne sais pas exactement, vaut mieux demander à Rirfou.

De façon précipitée, Lumick alla aussitôt rencontrer son ami :

— Vous partez ? lui demanda-t-il.

— Oui, la direction de Clownville a décidé hier de quitter la région.

— Où allez-vous ?

— Nous partons vers l'ouest.

À ces paroles, Lumick sut inévitablement le verdict. Aller dans la même direction qu'eux, c'était retourner vers le point de départ de sa quête. Il ne pouvait ainsi rebrousser chemin et accepter une telle décision, lui qui avançait progressivement sur le sentier de sa destinée.

Il dut se résoudre. Les jours précédant le départ officiel de tout Clownville, l'humeur des habitants envers Lumick changea. La route des uns se séparait d'avec celle de leur confrère. Un fond de chagrin remplaçait la jovialité habituelle. Même les clowns gardaient en eux de faux sourires.

Éclair Noir

Debout à l'arrière d'un bateau, Pokar s'éloignait progressivement de la vue de Lumick. Cependant, quelques soupirs mélancoliques ne voulaient pas quitter cette île malgré la distance physique qui s'accentuait.

Le reste du trajet permit de tourner le dos au passé pour mieux accueillir le présent. Trois jours plus tard, il foula à nouveau le sol. Ainsi, Lumick reprit la route avec le goût et la volonté de se déplacer vers la suite de son aventure.

Pendant qu'il jonglait avec ses pensées, son corps circulait devant une ferme où se trouvait un enclos à cheval. L'idée lui vint de se servir de cette bête pour se transporter. Il osa ainsi cogner à la porte du propriétaire en espérant conclure une entente.

Une femme ayant un visage ridé et le dos voûté lui répondit. Après discussion, ils se rendirent tout près de l'enclos à l'intérieur duquel se trouvaient sept chevaux : un blanc, un noir, et les autres teintés de brun. Tous semblaient en excellente santé.

– Lequel désires-tu ? demanda la vieille dame.
– Le noir ! dit spontanément Lumick.
– Hé hé ! Je m'en doutais ! s'exclama la propriétaire, en ricanant. Donne-moi ce que tu voudras, il est à toi.

Lumick sortit de son baluchon une pièce d'or et l'offrit à cette femme plutôt mystérieuse en échange du cheval.

La selle fut mise sur l'animal et Lumick l'enfourcha. Il redevenait ainsi le cavalier qu'il était à une certaine époque où ses tâches familiales l'amenaient à monter les chevaux de la ferme.

— Comment saviez-vous que j'allais choisir celui-ci ? dit Lumick.

— Parce que tu as besoin d'apprivoiser le noir pour qu'il fasse vraiment jour en toi, répondit la propriétaire du lieu. Allez, va ! Une longue route t'attend !

Lumick désirait poser d'autres questions, mais la monture obéit sur-le-champ à la voix féminine et déguerpit. C'est à vive allure que s'amorça le contact avec la bête.

Enfin sorti des limites restrictives et étouffantes de l'enclos, le pur-sang se délectait d'une liberté retrouvée. Sa musculature découpée dans le haut des pattes exprimait une force dynamique à chacune de ses poussées.

Au fil des jours et des semaines, Lumick établit un lien de confiance avec celui qu'il surnomma Éclair Noir. Ce dernier, dans un mélange d'aplomb et d'aisance, transportait l'homme sur de longs trajets. Il se voulait très loyal et prêt à servir.

Lumick se levait tôt le matin pour assister au lever du soleil. L'observation méditative de la naissance du jour lui procurait une profonde quiétude. Chaque fois, il entendait :
« Suis-moi ! »

Le phénomène s'accentuait quotidiennement, comme pour lui indiquer clairement la direction à emprunter.

De larges cours d'eau, des montagnes et des secteurs jugés dangereux étant donné la présence possible de brigands, firent parfois obstacle à leur parcours en ligne droite. Alors le flair d'Éclair Noir intervenait avec précision et optait toujours pour une route sécuritaire.

La présence de l'animal réconfortait quotidiennement Lumick qui partageait même ses états d'âme avec le quadrupède. L'un et l'autre semblaient se comprendre dans un langage au-delà des mots. À certains moments, l'homme et la bête oubliaient leur identité habituelle et formaient une même bulle, ce qui amplifiait la complicité déjà existante.

Ils traversèrent plusieurs villages et entendirent parfois des sons venant d'une tour où se rassemblaient des fidèles d'une même croyance. Cinq fois par jour, un chant résonnait aux oreilles des habitants pour leur rappeler le temps de la prière. Des femmes vêtues de la tête aux pieds se voilaient presque entièrement le visage.

Dans ses moments de répit, Lumick repensait parfois à Rirfou et à leur discussion concernant l'existence du Père Céleste. Cette idée lui plaisait. Un être Suprême devait sans doute guider et superviser non seulement sa destinée mais aussi la destinée de l'univers entier.

« Les Onondagas lui donnent le nom de Grand Esprit, d'autres l'appellent le Père… C'est sûrement le même personnage », se dit-il intuitivement.

Au cours d'un après-midi, Lumick s'aperçut que le décor changeait progressivement. Plus il avançait, plus la végétation se raréfiait. Une chaleur plus sèche prenait place. Il connaissait cette odeur qui déshydrate et cette sensation où le vert disparaît au profit du sable :
« Un désert est proche », se dit-il.

Le cavalier et son cheval continuèrent sur leur lancée. Peu de temps après, le vent apporta dans sa mouvance de minuscules grains asséchés, laissant supposer la présence d'une zone sablonneuse non loin d'où ils se trouvaient.

Alors que le soleil s'approchait de sa phase terminale journalière et que ses rayons affaiblis se projetaient dans le dos de Lumick, ce dernier amorça l'ascension d'une colline. Sans raison évidente, l'animal ralentit son rythme au fur et à mesure de la montée. Puis, sans le moindre avertissement, Éclair Noir souleva ses pattes avant et se mit à hennir, comme pour se protéger d'un danger. Pris de panique, il fit rapidement marche arrière. Pourtant, aucun obstacle devant lui.

« Mais que se passe-t-il ? » se demanda Lumick, ne comprenant pas la réaction d'affolement de son compagnon.

Après quelques instants, les mains et la voix de l'homme finirent par calmer l'agitation de l'animal. Pour la première fois depuis leur rencontre, le solide étalon perdit la maîtrise de lui-même, créant ainsi une brèche dans l'assurance inébranlable qu'il dégageait. Avait-il pressenti quelque chose ?

Un trottinement nerveux du cheval permit ensuite d'escalader graduellement la colline. Au sommet, une confirmation : une région sans fin tapissée de dunes de sable. Toute la superficie et l'espace devant eux ne rimait qu'avec la même pellicule de couleur, sans contraste évident. L'unicité de cette vision ne se laissait découper que par des ondulations imprécises.

En bas, à l'ombre de la colline, se trouvait un regroupement d'abris et de chameaux. On pouvait aussi deviner les silhouettes d'individus bougeant quelque peu. Des voix sourdes voyageaient dans la légèreté de l'air extérieur.

La tête de Lumick se retourna promptement de cent quatre-vingts degrés. Maintenant, devant lui, un cercle jaune orange se préparant à disparaître derrière l'horizon. À cet instant précis, l'intelligence du soleil couchant alluma une étincelle dans son cerveau. La réponse fut immédiate :
« Non ! c'est pas vrai ! ! » dit-il, tout haut.

Agrippant les guides de son fidèle ami, il exprima un urgent désir :
« Allons voir les gens là-bas ! Vite ! »

À peine une minute plus tard, des yeux se tournèrent vers l'étranger qui arrivait avec empressement. Après être descendu rapidement de sa monture, lui qui cherchait à obtenir une information cruciale, il demanda d'une voix anxieuse à un homme d'âge mûr :

— Je dois continuer ma route en direction du soleil levant. Est-il possible de contourner ce désert ?

— Ami, on ne contourne pas un désert; on le traverse, répondit l'autre.

Lumick encaissa alors un coup de massue sur le cœur, comme si l'univers entier profitait insidieusement des paroles de cet homme pour lui parler de vive voix. On venait de le clouer au sol.

*   *   *   *   *

Le soir même, il resta au camp de ces nomades. Un malaise évident persistait. Lumick savait qu'Éclair Noir ne pouvait survivre à une traversée du désert.

Il avait l'impression d'être complètement coincé dans un entonnoir, d'avoir même été poussé contre son gré à ce bout étroit où le liquide ne peut choisir qu'une direction pour la sortie. Quitter et abandonner son compagnon de voyage au profit de la chaleur désertique et d'un trou béant face à son devenir lui paraissait carrément un non-sens. La perte semblait bien plus grande que le gain.

Au début de la nuit, une insomnie tapageuse rendit la position horizontale très inconfortable. Il décida alors d'aller marcher dans les environs sablonneux. Un brasier intérieur voulut exploser. L'insécurité fit place à la révolte.

Devant un ciel parsemé d'étoiles, il protesta fermement :
« Je ne peux pas me séparer d'Éclair Noir !! Vous rendez-vous

compte de ce que vous me demandez ? » dit-il en s'adressant à d'invisibles présences dans le firmament.

Lumick continua sur le même ton :
« J'ai tout abandonné pour venir jusqu'ici, et vous me demandez encore d'abandonner le peu que j'ai ! »

Se sentant trahi par les hautes instances, il prit du sable dans sa main droite et dans un geste de colère, le lança vers le ciel en blasphémant. Tous les jurons de son vocabulaire y passèrent, tellement la grogne l'envahissait.

En signe de protestation, il se retourna promptement avec l'idée que sa quête venait de se terminer. Il n'irait pas plus loin. Ce qui devait peut-être avoir lieu prenait fin à l'instant même. L'univers ne voulait que détruire sa relation bien spéciale avec son ami quadrupède.

Ayant entendu des cris, un homme vint à sa rencontre. Lumick reconnut celui avec qui il avait conversé à son arrivée en ce lieu.

— Ça va ? Tu ne t'es pas fait mordre par un serpent ? dit l'homme.
— Non, ça va. Laisse tomber, c'est trop compliqué ! dit Lumick, en le repoussant par ses paroles.
— Oh la la ! Tu n'es pas prêt à traverser le désert !
— Ton désert, je le traverserai si je le veux ! Maintenant laisse-moi tranquille !
— Hé ho ! Calme-toi, mon vieux ! Le désert n'est là que pour t'aider à aller encore plus loin.

La dernière phrase eut un effet d'écho amplifié à l'intérieur de Lumick, transmettant à sa surcharge émotive une certaine dose d'apaisement. Il s'assit et déposa sa tête entre ses mains pendant plusieurs secondes.

Sortant de sa torpeur, il s'adressa à l'individu :

– Je suis désolé, excuse-moi de m'être emporté... tu n'y es pour rien.

– Ne t'en fais pas, dit sagement l'homme, qui décida ensuite de repartir dans la direction de son abri.

Plus calme, Lumick resta seul avec les étoiles. Une d'entre elles brillait plus fortement et donnait l'impression de rassembler l'entière population du cosmos.

« Peut-être est-ce l'étoile du Père Céleste », se surprit-il à dire tout bas.

Cette réflexion le projeta dans une intense solitude. Bien qu'il percevait l'émanente beauté de cette étoile, la distance de cette dernière à des années-lumière de lui provoquait une impression de coupure et d'éloignement. En allongeant sa main jusqu'au ciel, il aurait voulu capter la brillance de cette étoile et l'absorber pour toujours, mais une incapacité corporelle et vibratoire l'en empêchait. Un fossé invisible naissait du désir de s'unir indéfiniment pour que cesse à jamais toute forme de cassure et de dualité.

Puis quelque chose de complètement inattendu ramena Lumick à une réalité plus concrète. Une petite bête rampait habilement sur le sable. De forme allongée et recouverte d'écailles, l'agilité de ses orteils permettaient un déplacement rapide et précis.

Sans aucune crainte, le lézard s'installa directement en face de celui qui s'interrogeait sur sa venue. Une efficacité certaine dans ses gestes traduisait l'exécution d'un ordre télépathique qu'il venait tout juste de recevoir. Promptement, sans perdre un moindre instant, le reptile exprima clairement l'objectif de sa présence :

– L'étoile brillante que tu regardais m'a demandé de te dire quelque chose, prononça-t-il.

— Je t'écoute, dit Lumick.

— Toute brisure donne l'opportunité d'un retour à l'essentiel. On peut retrouver l'unité à partir de la séparation.

L'échange entre les deux créatures fut écourté par les salutations et le départ rapide de la petite bête. Déjà la discussion se terminait.

Par l'entremise du lézard, le lien intime de Lumick avec toute forme visible était abordé. Le voyageur comprit. Il ne restait plus qu'à agir.

« Ne pas trop penser, sinon je n'en serai pas capable », se dit-il.

Avec courage, Lumick se déplaça auprès d'Éclair Noir. En lui flattant le museau, des pincements au cœur troublèrent la tonalité de sa voix :

« Tu sais, quand je t'ai rencontré la première fois, la vieille dame avait raison... Tu m'as amené vers ma propre noirceur », dit-il, en collant son nez sur celui de l'animal. « J'ai peur en ce moment et je tremble... En venant ici avec moi, tu m'as aidé à aller vers ma propre liberté. À mon tour, je te rends la tienne. Va, ne regarde pas derrière toi », continua-t-il, avec des larmes quittant ses paupières inférieures.

Éclair Noir hésita. Ses yeux lui aussi se mouillèrent. L'émotion qui les reliait fut ensuite tranchée à coup d'épée. D'un seul mouvement, le cheval partit vers le sommet de la colline. Oubliant la demande de son valeureux cavalier, il se retourna. Deux cœurs brisés obéissaient difficilement à leur destin. Leurs têtes s'inclinèrent dans un même synchronisme en signe de remerciement.

Les contours de l'étalon disparurent ensuite pour se fondre dans le ténébreux manteau de la nuit.

La traversée du désert

Avant le lever du jour, des hommes et des chameaux se préparaient à partir. Le meneur de l'expédition s'appelait Bayoub, celui-là même à qui Lumick avait adressé la parole à deux reprises. Il demanda à l'ensemble de la troupe de se réunir avant le départ pour les aviser de certaines choses. Après les consignes d'usage, il leur dit :

« Je vous remets à chacun un quartz. C'est un cristal venant des profondeurs du désert. Il vous accompagnera lors de cette traversée. Ce cristal a le potentiel de transformer le passé et de nourrir votre conscience. Gardez-le précieusement. »

Le quartz de couleur jaune-ocre dans sa partie inférieure développait une transparence progressive à mesure que l'on se rapprochait de la pointe façonnée. Il semblait provenir d'une région intraterrestre où les minéraux cultivaient une géométrie pure et limpide.

Lorsque les premières lueurs présentèrent leurs couleurs matinales, déjà la caravane s'aventurait sur le sol granuleux du désert.

Peu de temps après, du haut de son chameau, Lumick entendit clairement le soleil lui dire de continuer dans la même direction. Ce bref contact apaisa les doutes qui persistaient à la suite de la déchirure vécue quelques heures plus tôt avec Éclair Noir.

Il s'ennuyait évidemment du solide pur-sang, se retrouvant désormais cavalier d'une monture bien différente. Le rythme lent et amplifié du chameau donnait l'impression d'un balancement quasi interminable à chacun de ses pas. L'agilité et la vitesse d'exécution ne figuraient guère dans la liste des qualités de cet animal. On ne pouvait compter sur lui pour prendre l'initiative, étant trop habitué à suivre les membres du même troupeau.

Lors de son passage sur le continent Noir, Lumick avait eu un avant-goût de l'ambiance du désert en côtoyant une région très aride et presque dépourvue de végétation. Cette fois-ci, ce mot prenait tout son sens. Rien, vraiment rien, mis à part des buttes sablonneuses se juxtaposant les unes aux autres dans une ambiance d'assèchement de toute forme de vie.

La caravane profitait du jour pour avancer vers son but final. Il importait de suivre précisément l'orientation voulue car rester trop longtemps en ce milieu devenait une exposition à des défaillances possibles, autant chez les animaux que chez les humains. Une erreur dans l'itinéraire pouvait facilement mettre en danger la vie de ceux et celles qui osaient effectuer la traversée. De là, l'importance d'un guide connaissant extrêmement bien le désert.

Un soir, après le repas, Lumick et Bayoub entamèrent une discussion :
— Comment fais-tu pour t'orienter dans le désert ? demanda le premier.
— Il faut se servir des étoiles la nuit, ainsi que du soleil à son lever et à son coucher, répondit le deuxième.
— Oui mais au milieu du jour, lorsque le soleil est au-dessus de nos têtes, comment peux-tu t'orienter ?
— Ah ! ça, c'est autre chose !
— Que veux-tu dire ?
— Le désert sait toujours la direction que tu dois suivre. Il s'agit de l'écouter et de communiquer avec lui. En ce moment, c'est difficile pour toi d'arriver à cet état; ton cœur est trop perturbé.

Bayoub visait juste. Une tristesse submergeait Lumick depuis le début de l'expédition. La présence d'Éclair Noir lui manquait énormément. Son corps physique se déplaçait en même temps que celui des autres, mais une partie de lui ne suivait pas la cadence et restait derrière.

— Tu as raison, dit-il.

— Profite de la présence du désert pour assécher tes pleurs, conclut Bayoub.

Dans un soupir évident, Lumick remercia le chamelier. Il partit ensuite s'envelopper de couvertures pour son repos nocturne. Juste avant de fermer ses yeux, il prit dans sa main gauche le cristal qu'il avait reçu en cadeau de Bayoub. Intérieurement, il demanda à l'univers d'évaporer tout chagrin pour que son être soit totalement disponible à sa quête de l'élixir de vie et de la pilule d'immortalité.

* * * * *

Au matin, juste avant l'aube, la caravane repartit dans une séquence qui paraissait répétitive. Pourtant, il y avait quelque chose de différent pour un des voyageurs. Au lieu d'un obstacle à vaincre, ce milieu en apparence infertile devenait plutôt un personnage avec qui se familiariser. Lumick comprit le potentiel que cachait le désert. Même les racines destructrices les plus profondes pouvaient y mourir lorsque les pensées ne devenaient plus une terre propice pour les abreuver.

C'est ainsi qu'au fil des jours, il profitait de l'environnement extérieur pour franchir son propre désert intérieur. Là s'y trouvaient des zones lourdes ayant encore trop de résidus. Il tenait régulièrement dans une main le cristal de quartz qui l'accompagnait lors des mouvements d'épuration.

Un soir, plusieurs se demandaient le nombre de jours qu'il restait à cette expédition. Bayoub évitait de le dire. À ceux qui montraient une certaine impatience, il disait :

« Quand chacun aura terminé sa propre traversée du désert, nous arriverons. »

Probablement le seul à garder une forme radieuse, Bayoub donnait l'impression de communier avec chaque grain de sable. Pour lui, le désert incarnait une terre féconde d'où la vie naissait, quand on savait y mourir.

* * * * *

— Tu sais, le cristal de quartz a eu ses effets sur moi, dit Lumick, au cours d'un repas.
— Oui, je m'en doute. Peut-être maintenant comprends-tu mieux que l'on est vraiment libre lorsqu'on est libéré de notre passé, répondit le chamelier.

Une fois de plus, Bayoub touchait indéniablement à une vérité. Pour accéder à un plus grand déploiement de soi-même, tôt ou tard il fallait rencontrer le chaos, son propre chaos.

Plusieurs journées s'écoulèrent. Lumick perdait progressivement la notion du temps. La séparation d'avec Éclair Noir semblait dater de plusieurs semaines, peut-être même des mois. Il ne ressentait plus la déchirure au cœur quand il évoquait le souvenir de l'animal. La subtilité du désert pouvait ainsi pénétrer à travers la peau et influencer le psychisme humain.

* * * * *

Le lendemain, peu de temps après le départ matinal de la caravane, une odeur provenant des bas-fonds de la terre remontait à la surface et demandait à être démasquée. Le premier réflexe de Lumick fut carrément de la repousser car elle cherchait à posséder et à assouvir une soif.

Plus tard, alors que le soleil s'approchait du zénith, un chameau transportant de la marchandise fit gauchement un pas et tomba au sol. Il tenta par la suite de se relever mais une dou-

leur à la patte avant droite l'en empêchait. Tous s'arrêtèrent et plusieurs se précipitèrent auprès de l'animal. Lumick perçut de façon évidente la nature du traumatisme :
– Sa patte est cassée, n'est-ce pas ? dit-il à Bayoub.
– Oui, et on n'a pas le choix : il faut le laisser ici et poursuivre notre route.

La bête étendue le savait, après avoir vu périr d'autres camarades lors de précédentes traversées du désert. Aujourd'hui, les tentacules de la mort venaient la chercher sans même lui demander son avis.

Tout s'organisa rapidement. On transféra la marchandise sur d'autres chameaux, déjà bien chargés, augmentant ainsi le risque de chute. Quelqu'un sortit une carabine et d'une seule balle à la nuque, l'animal blessé cessa de respirer.

Le regroupement s'éloigna ensuite du cadavre pour avancer sur le chaud tapis du désert. Un lourd silence avançait au même rythme que la caravane. Les pas des chameaux, devenus plus que routiniers, ne possédaient plus la même signification. Un seul manquement et une créature risquait de ne plus se relever.

Le soir venu, il y eut peu d'échanges. Chacun se retira assez rapidement. Une tendance au tracas et à la morosité remplaçait les rigolades habituelles du soir. Celui qui de sa voix un peu nasillarde chantait des hymnes pour égayer la troupe, se tut. Le joueur de flûte aussi prit congé. Lumick s'isola. Il repensait à cette pauvre bête incapable de poursuivre et abattue pour lui éviter l'agonie. Le désert ne se nourrissait donc pas seulement de soleil, mais aussi de chair et de sang.

Bien loin de lui en ce moment la quête de l'élixir de vie et de la pilule d'immortalité. Le désert montrait ses dents et il fallait survivre.

Pour se changer les idées, Lumick décida de se promener en périphérie du camp installé pour la nuit, et ce grâce à la luminescence des étoiles et de la lune. Après quelques minutes de marche, il grimpa au sommet d'une butte de sable. De l'autre côté, en bas de la pente, se trouvait un endroit où des roches se juxtaposaient pour former une surface plane. Curieux, il se laissa glisser sur le sable et arriva presque instantanément sur les pierres sculptées à l'horizontale.

Quelle impression étrange pour ses pieds que de ne plus s'enfoncer dans la mollesse d'un plancher granuleux. Il sauta quelques fois en l'air pour vivre cette sensation de dureté à l'atterrissage des semelles de ses bottes.

Son imaginaire fertile l'emmena ensuite à penser qu'il se retrouvait soudainement sur une île entourée d'un océan de sable. Il s'élevait au-dessus du désert. Avait-il enfin réussi sa traversée ?

Puis, derrière lui, à sa grande surprise, il entendit une voix grave :
« Est-ce toi qui m'as réveillé de mon sommeil ? »

Se croyant seul à cet endroit, Lumick se retourna très lentement. Une subite frayeur l'empêchait de s'exécuter plus rapidement. À la vue de la créature qui avait prononcé ces mots, il figea. Un cobra enroulé sur lui-même avec la tête se tenant à environ un mètre du sol montait soudainement la garde du lieu.

– Euh… je ne savais pas que vous habitiez ici, répondit Lumick, en état de choc.
– Il y a encore bien des choses que tu ne sais pas… Tu tombes bien, j'ai justement besoin de m'alimenter, dit le serpent.
– Ah bon, balbutia Lumick, tremblant.
– Moi, je me nourris de la peur des gens… surtout de la peur de mourir, dit le cobra en se rapprochant.

Lumick ne pouvait s'échapper. S'il essayait du moins, l'agilité du reptile permettrait à ce dernier de le rejoindre facilement.

«Me fuir, c'est aussi te fuir», dit à nouveau la bête rampante qui se situait maintenant tout près de sa proie.

Des yeux pénétrants fixèrent l'individu dans un mouvement pupillaire sous forme de spirales. C'était l'heure du repas pour le serpent. Lumick voulait se détourner mais une force insistante l'obligeait à se fondre dans le regard de l'autre. L'humain ne pouvait rien contre la sorcellerie de l'animal.

Une énergie anxieuse provenant du corps tout entier de Lumick le quittait sans résistance par son appareil oculaire. Telle une éponge absorbante, le cobra s'en délectait. Après un temps, ce dernier dit :
« Ça y est. Tu peux partir, maintenant. Tu m'as donné la nourriture dont j'avais besoin. »

La forme cylindrique très allongée frotta langoureusement la surface rocailleuse et disparut dans son repère.

Lumick rebroussa aussi chemin. Il se sentait chanceux de goûter encore aux privilèges de sa présence en ce monde. Une insomnie prit un temps pour s'endormir, le temps de se remettre suffisamment de cette rencontre imprévue.

*   *   *   *   *

Le lendemain matin, un nouveau jour se levait pour Lumick. Son corps faisait peau neuve. Un sang transformé circulait dans ses artères en augmentant l'apport d'oxygène et de vitalité à chacune des cellules.

Il reprit son poste sur le chameau. Une fois de plus, la caravane se reforma en laissant des traces sur le sable. En cours de route, le voyageur fut ébahi de la clarté et de la transparence de ses pensées. Tout s'enchaînait maintenant dans une suite sans faille. Une assurance émergeait enfin et surtout une netteté dans l'analyse de son parcours.

« Aller vers le secret de l'élixir de vie et de la pilule d'immortalité n'est-il pas en bout de ligne qu'une quête vers soi-même ? Les légendes ont-elles tant déguisé les choses ? » se dit-il.

Au loin, une banale colline qui se voulait bien plus qu'une rondeur naturelle inhabitée. Des formes rectangulaires se dessinaient, bien qu'encore imprécises. Bayoub, lui, le savait depuis la veille. Des cris de joie se firent entendre.

Après avoir indiqué certaines limitations à ceux et celles qui osaient le traverser, le désert montrait à son tour ses propres limites.

Jaïsalmer

Après l'éprouvante traversée, Lumick apprécia grandement quelques jours de repos. C'était un temps d'arrêt nécessaire pour donner une certaine stabilité à l'instabilité.

Dans les ruelles de Jaïsalmer, les femmes s'enveloppaient de saris aux multiples couleurs, ce qui contrastait avec l'aspect monochrome du désert. Du vert au jaune, du bleu au rouge, de l'orange au violet, toute la panoplie des teintes de l'arc-en-ciel se déplaçait au rythme de chacune. Les hommes, eux, portaient une moustache très touffue se projetant à l'horizontale et s'enroulant sur les côtés. Un long tissu formait aussi un turban sur leur tête.

Jaïsalmer marquait le début d'un vaste territoire gouverné par des maharadjahs. Ces derniers habitaient d'immenses palais servant à établir leur autorité sur une région définie. On les disait entourés de plusieurs femmes, leur richesse permettant de bien les entretenir.

Peu de temps après son arrivée, Lumick se rendit à la résidence luxueuse du maharadjah de Jaïsalmer. Une robuste forteresse entourait le lieu. Deux hommes surveillaient l'entrée, assis chacun sur un éléphant. Le voyageur eut alors le souvenir du roi de son village d'enfance :
« Peut-être que d'autres ont déjà trouvé le secret de l'élixir de vie et de la pilule d'immortalité », se dit-il tout bonnement.

Ne se laissant pas troubler par cette réflexion, il fit demi-tour en s'amusant à écouter cette langue étrangère qui parvenait jusqu'à ses oreilles.

Au marché, on pouvait sentir l'odeur d'une impressionnante variété d'épices. Il se vendait également une poudre colorée que l'on appliquait au milieu du front sous la forme d'un point.

Les habitants de Jaïsalmer adoraient de multiples dieux issus de mythes et de croyances accumulés au cours des siècles. À différents endroits dans la ville, il se trouvait des temples dédiés à l'un ou l'autre de ces dieux, au pied desquels on pouvait allumer de l'encens et présenter des offrandes pour s'attirer leur faveur.

Lumick se plaisait bien dans cette ville aux ruelles improvisées. Chaque fois qu'il abordait un citoyen, immédiatement un sourire s'installait sur le visage de son interlocuteur. Une bonne humeur contagieuse animait ces gens et apportait le plaisir de respirer l'air ambiant.

Peu de temps après leur arrivée, Bayoub et d'autres étrangers repartirent en sens inverse pour une autre traversée du désert. Le courageux chamelier s'abreuvait une fois de plus de cette terre sans eau.

* * * * *

Lumick trouva une chambre qui lui donnait accès au toit de l'édifice. Perché au sommet, il ressentait un désir absolu d'assister quotidiennement au lever du soleil.

Ainsi, l'aventurier retrouvait celui l'ayant guidé jusqu'à Jaïsalmer. Chaque jour, un rituel prenait forme à partir d'une posture favorisant l'introspection. Un lien solide se tissait entre un homme et cette boule de feu d'où provenait la lumière du jour. Le subtil rapport entre les deux amenait l'intense impression d'une ressemblance, comme s'ils portaient le même bagage génétique.

Lui se rapprochait du soleil et le soleil se rapprochait de lui. Au cours d'un instant de contemplation, il survint un moment fusionnel entre la créature et la création. Le mouvement inspiratoire amenait l'absorption de l'astre solaire alors que l'expiration projetait l'humain au cœur du cercle jaune.

« Deviens énergie pure et créatrice », entendit Lumick.

Une fraction de seconde plus tard, la dualité profita d'une invisible fissure pour percer l'homogénéité de la bulle. Le soleil reprit sa place au loin et le corps retrouva la sensation du béton sur lequel il était assis. Une communication avec ce frère du ciel venait de s'établir. Mais que voulait-il dire ?

Lumick ne put trop s'attarder à ce questionnement car une préoccupation matérielle le ramena à une autre priorité. Très bientôt, un manque d'argent. Il ne lui restait qu'une seule pièce d'or. La situation demandait à trouver un moyen de subvenir à ses besoins de base pour s'assurer d'un apport monétaire permettant la suite de sa quête.

À la recherche d'inspiration et de nouvelles idées, Lumick se promena dans la ville. Quelque chose devait émerger. Il se rendit d'abord au principal marché de la ville, puis y rencontra des commerçants qui offraient, selon eux, une marchandise de porcelaine à des prix dérisoires. Plus loin, d'autres vendaient des vêtements et des accessoires pour différentes occasions, tels des bijoux, des bracelets et des colliers.

Rien pourtant n'allumait le voyageur solitaire. Il décida alors de s'éloigner de cette foule dense afin d'aérer ses facultés in-tuitives. Bien que sa tête ne savait où aller, le mouvement de ses jambes semblait l'emmener dans une direction précise.

Lumick arriva à l'endroit où, pour la première fois, il avait mis les pieds à Jaïsalmer. Des chameaux et un équipage se préparaient pour un prochain départ.

« Si Bayoub était ici, il me dirait d'écouter le désert », pensa-t-il.

Tout son être renoua d'amitié avec le sable en marchant sur une certaine distance. Il retrouvait cette sensation de petitesse devant l'immensité, cette impression de n'être qu'un seul grain devant l'incalculable. Paradoxalement, une grandeur et une force d'élévation se mirent à vibrer à l'intérieur de lui au contact du désert.

« Peut-être que le vent peut m'aider », se dit-il.

Passant de la position debout à assise, Lumick prit quelques instants pour se recueillir. Quand il sentit l'apaisement de son discours intérieur, une demande prit forme :
« Ami-vent, toi qui sais transporter les nuages, puisses-tu m'apporter un souffle de vie. »

Il ferma les yeux et entendit l'écho de ses propres paroles. Puis, aucune pensée. Le silence complet. Même les sons criards des quelques oiseaux qui le suivaient ne purent franchir ce mur. Il fallait tout taire pour mieux saisir.

Quelque chose d'impalpable caressa l'arrière des oreilles de Lumick. Cette délicate présence s'infiltra ensuite dans ses conduits auditifs jusqu'aux tympans avec une volonté d'établir subtilement le contact.

La dynamique aérienne se déplaça ensuite en face de lui, à quelques mètres. Du sable commençait à se soulever et à tournoyer en spirales ascendantes. Une mini-tornade s'agitait devant Lumick. Un instant il eut peur, mais quelque chose se voulait rassurant dans ce phénomène. Le vent manifestait sa présence et venait simplement lui rendre visite.

En l'espace de quelques secondes, l'agitation de l'air cessa tout mouvement démonstratif, permettant ainsi à chaque grain de sable de regagner sa place assignée. À nouveau, il entendit le jargon sonore des oiseaux. Le temps recommençait à s'écouler.

Au sol, juste à l'endroit où s'était manifesté l'élément de la nature, se trouvait un papier chiffonné et recroquevillé sur lui-même. L'intelligence du vent servit à son atterrissage.

S'approchant de ce qui semblait ne plus appartenir à personne, Lumick prit la pièce à conviction tranquillement entre ses mains, comme s'il s'agissait d'un bien beaucoup plus précieux que son apparence le suggérait. Très lentement, il déplia la mince feuille de papier.

Ses yeux virent le croquis d'un portrait fait à l'encre qui n'était nullement l'œuvre d'un débutant, mais plutôt celle d'un artiste habile avec ce genre de médium. Lumick imagina que le dessinateur, probablement insatisfait de ce début d'esquisse, avait jeté hors de sa portée la page arrachée.

Une lumière s'alluma soudainement dans son cerveau. Elle amenait dans sa brillance une idée porteuse d'espoir qui le fit sourire.

* * * * *

À l'extrémité de la ville, des bâtiments se collaient ensemble pour mieux se tenir debout. Les façades embrassaient l'étroite ruelle qui ne permettait qu'une circulation à pieds ou sur deux roues.

Enfin rendu à l'endroit désiré, Lumick fit ses emplettes en demandant un emprunt au propriétaire du magasin. Ce dernier, voyant l'intérêt marqué de son interlocuteur, accepta volontiers.

Sans perdre un moment, il s'installa dans son logement avec le nouvel équipement : un chevalet, une toile, un pinceau, une palette et cinq petits contenants de peinture aux couleurs différentes.

Une effervescence peu commune animait Lumick. La seule vue des pigments colorés l'excitait grandement. Il y avait du bleu, du rouge, du jaune, du brun et du blanc. À partir de mélanges, les teintes multiples de l'arc-en-ciel se trouvaient ainsi à sa portée.

Plusieurs couleurs sur une toile furent appliquées sans essayer de reproduire quelque chose de connu. Il se perdait dans les formes se juxtaposant l'une à l'autre, puis l'une dans l'autre. Une série de taches se liaient ensemble avec nulle envie de comprendre ce qui les unissait. Seules l'excitation des coloris et les frontières entre chaque contour motivaient la poursuite du mouvement.

Après un temps, le pinceau fatigué voulut se reposer. Lumick fit quelques pas vers l'arrière pour regarder objectivement l'œuvre. Très surprenant, ce voyage au pays de l'imaginaire avec quelques incursions de réalités concrètes. Des objets et des créatures difformes aux proportions bien inégales prenaient naissance dans un monde coloré et asymétrique.

Il fallait maintenant y mettre une signature pour que le tout devienne complet. Cependant, au beau milieu de la nuit, un malaise vit le jour. Apposer son propre nom au bas du tableau provoquait une nausée encombrante et apportait une dysharmonie à l'ensemble. Le besoin d'un autre vocable que celui auquel il s'identifiait habituellement se fit sentir.

De la fenêtre de sa chambre, Lumick accueillit le lever de son ami-soleil pour le consulter à ce sujet. Observant le déploiement d'une prestance lumineuse sur l'écorce terrestre, il commença à discuter avec celui émanant les rayons matinaux.

— Peux-tu m'aider à trouver un autre nom ? dit Lumick.
— Oui, répondit l'autre.
— Lequel ?

— Dans le pays où tu es en ce moment, les écritures anciennes parlent d'un dieu-soleil qui est actuellement vénéré dans plusieurs temples. Le connais-tu ?

— Non.

— Ce dieu-soleil s'appelle Ayrus.

— Aïe ! On dirait que ça brûle en dedans de moi !

— Oui, c'est parce que tu résonnes fortement avec ce nom.

— Bon… Merci ! conclut Lumick, qui eut aussitôt le réflexe de boire de l'eau pour se donner l'impression d'éteindre un feu intérieur trop intense.

Quand il ne resta plus qu'une braise apaisée, l'apprenti retourna vivement à son pinceau en sélectionnant le pigment approprié. Peu de temps après, il eut une sensation de complétude : les cinq lettres du dieu-soleil se lisaient sur le tableau.

Bien plus qu'un nom d'artiste s'apposait maintenant dans le bas de son oeuvre. De par cette signature, une association intime prenait forme et Lumick devenait ainsi un prolongement d'une entité céleste.

Une couche d'ignorance qui le recouvrait disparut. La reconnexion d'une partie de sa nature humaine à son essence divine s'effectua grâce à la complicité de l'astre solaire. Le lien avec ce qu'il était avant de s'incarner sur Terre, et ce qu'il avait toujours été, se recréait.

Au-delà d'un rapprochement avec le dieu-soleil, ce tatouage au bas du tableau le reliait d'abord et avant tout à sa réelle identité, à sa propre Lumière.

*   *   *   *   *

Son lieu d'hébergement, qui devenait plutôt au fil des jours un atelier de peinture, lui permit de créer d'autres toiles aux nuances très diverses.

Lumick sortit fièrement de son abri avec une quantité appréciable d'œuvres et les exposa aux passants. Des regards curieux prenaient le temps d'y jeter un coup d'œil. Les tableaux ne les laissaient nullement indifférents et provoquèrent l'étonnement de plusieurs.

Désirant vendre sa production, une nervosité fébrile prit Lumick à la poitrine quand un homme d'une quarantaine d'années montra un intérêt :
— Combien pour celui-ci ? demanda-t-il.
— Deux cents roupies, répondit l'artiste de façon hasardeuse, ne connaissant trop la valeur réelle de sa toile.
— Bon, c'est bien, j'achète, dit son interlocuteur, après quelques instants de réflexion.

Ainsi, à son plus grand soulagement, Lumick se renfloua progressivement. L'affluence augmentait chaque jour et au bout d'un temps, il acquit une certaine réputation dans la ville. Même le propriétaire de l'endroit où il habitait exposa plusieurs de ses toiles.

Quand le peintre en lui s'exécutait sans qu'une pensée vienne l'interrompre, Lumick atteignait cette zone de créativité remplie d'une abondante fluidité. Cependant, avant d'y arriver, il fallait parfois traverser des peurs et des résistances qui obstruaient l'écoulement d'un courant spontané. Le doute pouvait ainsi freiner l'éclosion d'un instant magique.

En bout de ligne, toutes les couleurs étalées ne reflétaient que la diversité de sa palette intérieure, et ce autant le foncé des tons obscurs que la brillance des plus pâles.

N'étant plus en état de survie, il n'éprouvait plus qu'un seul désir : remettre au cœur de son existence le but ultime de sa quête.

* * * * *

Il existait à Jaïsalmer une librairie sortant de l'ordinaire. Des centaines de bouquins, tous empilés les uns par-dessus les autres, formaient des rangées étroites parmi lesquelles les consommateurs circulaient. Aucune classification écrite ne permettait d'y mettre de l'ordre. Seul le propriétaire de l'endroit pouvait retrouver un livre demandé grâce à sa mémoire phénoménale. Plus d'une fois, Lumick fut témoin de ses prouesses autant cérébrales que physiques pour atteindre l'objet convoité enfoui sous plusieurs volumes, et ainsi satis-faire un client.

Comme à chacune de ses visites dans ce commerce, Lumick feuilleta plus d'un livre. Son attention fut grandement attirée par une page couverture qui montrait un homme au crâne rasé ayant pour seul vêtement un tissu rouge vin. Derrière ce personnage se trouvaient un monastère et de hautes montagnes aux cimes enneigées. La couverture arrière de ce bouquin mentionnait que dans les Himalayas, il existait des hommes capables de vivre pendant plusieurs centaines d'années.

À la lecture de ces dernières lignes, le cœur de Lumick se mit à battre très fort. Sans se questionner davantage, il acheta le bouquin.

De retour à son domicile, seul le sommeil lui fit prendre une pause dans sa lecture. En moins de vingt-quatre heures, il parcourut entièrement le livre. Si cet ouvrage disait vrai, des êtres prolongeaient leur existence jusqu'au-delà de cinq cents ans grâce à leur pouvoir méditatif.

« Peut-être possèdent-ils l'élixir de vie et la pilule d'immorta-lité », se dit Lumick.

Par des voyageurs en escale à Jaïsalmer, il se rappelait avoir entendu parler des Himalayas. On pouvait s'y rendre.

Les Himalayas

Lumick découvrit que les nuages ne pleuraient pas que des gouttelettes d'eau, mais aussi des flocons blancs lorsque la température baissait jusqu'à un certain niveau. L'observation de ces traces immaculées venant du ciel entraînait un émerveillement qui se renouvelait chaque fois.

Heureusement, ses vêtements étaient adaptés à cet environnement rigoureux. Il se voyait maintenant équipé de bottes, d'un épais manteau descendant jusqu'aux cuisses, d'un bonnet lui cachant les oreilles et d'un foulard de laine pour lui recouvrir une partie du visage.

Lumick s'habituait difficilement à certaines sensations, dont celle qui entraîne une perte de la sensibilité tactile lorsque le froid glace les extrémités. Il se réveillait parfois la nuit sans ressentir le bout de ses orteils et cela lui donnait la frousse. Au départ de l'expédition, il avait appris que des aventuriers de ce territoire avaient dû subir une amputation d'un doigt ou d'un orteil.

Grimper vers les sommets enneigés comportait également d'autres risques. Tout dépendait de l'humeur des montagnes. De façon localisée, l'une d'entre elles pouvait initier des tremblements rapides pendant quelques secondes et faire ainsi décoller plusieurs tonnes de neige capables d'ensevelir toute forme humaine.

Il fallait donc s'harmoniser du mieux possible avec ces massifs et surtout ne pas s'efforcer de les vaincre. Leur imposante présence cherchait d'abord à relier l'être humain à sa composante subtile. À force de monter vers les nuages, Lumick se dit tout bonnement :
« Peut-être que plus je me rapproche du ciel, plus ce sera facile de communiquer avec le Père Céleste. »

Quelqu'un d'autre l'accompagnait : un sherpa du nom de Yimek. Cet homme connaissait le langage des montagnes, tout
comme Bayoub savait lire et entendre le désert.

La main droite de Yimek tenait un bâton de pèlerin sur lequel
s'inscrivaient plusieurs symboles de protection, donnant à
celui qui le transportait un certain droit de passage. Pour le
sherpa, chaque montagne cachait un dieu qu'il fallait honorer
et respecter, faute de quoi il devenait possible que ce même
dieu rende brutalement les lieux inaccessibles.

Un soir, en préparant un repas, l'homme aux sourcils foncés
dit à Lumick :
« Tu sais, on ne peut conquérir une montagne, mais la montagne peut nous conquérir. »

Ainsi, malgré la progression de l'itinéraire, Lumick restait
bien humble face à ces géants sacrés. Devant une force de la
nature, on pouvait certes se montrer très brave; mais au-delà
de la volonté humaine, il fallait aussi s'incliner. On n'accédait
au sommet d'une montagne que si elle le voulait bien.

* * * * *

Les deux hommes parcouraient ce réseau de cimes et de
vallées depuis presque deux mois, grimpant en altitude et
s'élevant parfois au-dessus des nuages.

Il devenait de plus en plus difficile de retrouver la trace des
sentiers. Seul un être expérimenté pouvait s'y retrouver et
Yimek se voulait l'homme de la situation. À force de côtoyer
ces montagnes, les organes vitaux de cet homme portaient
l'imprégnation d'un échange vibratoire avec l'environnement
de haute altitude.

Depuis quelques jours, les pas de Lumick s'alourdissaient sous le poids des bottes et avec la rareté croissante de l'oxygène. Son corps ne répondait plus aussi bien qu'au début de l'ascension. La nuit, l'agression du froid pénétrait régulièrement les pores de sa peau malgré l'épaisseur des couvertures. Le feu intérieur commençait à manquer de vigueur et d'intensité pour se défendre contre les forces de la nature.

« Ai-je pris la bonne décision en quittant Jaïsalmer ? » se demanda-t-il au cours d'un moment où l'inquiétude s'empara de son psychisme.

Pourtant, tout semblait d'une exactitude dans les décisions prises. Son départ de Jaïsalmer s'était fait sans obstacle et dans une grande paix. Il avait même donné plusieurs de ses tableaux en guise de remerciement à certaines personnes. Ensuite, quelques semaines avaient été nécessaires pour se rendre au pied des Himalayas. Puis, la rencontre de Yimek lui proposant de l'accompagner. Tout paraissait bien couler. Le doute ne pouvait être que transitoire.

Effectivement, deux jours plus tard, un petit village situé sur un plateau montagneux attendait les grimpeurs. Yimek, soulagé, dit à Lumick :
« Ça y est, nous sommes arrivés ! Ce pays s'appelle le Toit du monde ! »

Tsurphu

On assigna une même chambre aux deux invités. Un repas composé de pâtes cuites à la vapeur leur fut ensuite servi. Quelle bénédiction pour Lumick que de sentir toute forme de chaleur, y compris l'accueil de ces gens.

Des hommes de différents âges, tous à la même allure, exprimèrent une gentillesse au sourire facile et une curiosité vis-à-vis de Lumick. Peu d'étrangers se rendaient jusqu'à Tsurphu.

Le bâtiment où il se trouvait ne ressemblait à aucun autre. C'était un endroit sacré qui exprimait la vitalité d'une tradition ancestrale. Il fit la visite des lieux. Une odeur d'encens parfumait l'espace.

Dans une grande pièce, des hommes utilisaient leurs cordes vocales pour émettre des sons harmonieux vibrant en chœur. Les mouvements ondulatoires de la tonalité grave sortant de leur bouche semblaient provenir des entrailles de la Terre, et ce même à une telle altitude.

Le soir venu, Lumick se glissa rapidement sous les couvertures en appréciant le confort d'un mince matelas. À son arrivée dans ce monastère, il avait reconnu parmi ces hommes qui l'accueillaient celui qu'il avait vu sur la couverture d'un livre à Jaïsalmer.

« Définitivement, je suis au bon endroit. Peut-être est-ce ici que je vais enfin découvrir les secrets de l'élixir de vie et de la pilule d'immortalité », se dit-il.

Puis, en quelques secondes, la fatigue l'emporta dans un sommeil profond et récupérateur.

* * * * *

Aux premiers balbutiements de son réveil, une lourdeur apaisante l'empêchait de bouger. Ses préoccupations dormaient toujours et il nageait dans une forme de bien-être peu coutumière. L'air rentrait par ses narines plus lentement qu'à l'habitude.

Yimek, lui, se leva :
« Va falloir se préparer. Nous rencontrons ce matin le responsable du monastère », dit-il.

Non sans peine, Lumick parvint à remettre son corps à la verticale même si ce dernier semblait protester contre ce redressement non désiré. L'eau froide disponible pour la toilette du matin sonna un réveil définitif.

Un peu plus tard en matinée, les nouveaux venus se présentèrent devant Jhinyu Lama. Au premier abord, cet homme dans la soixantaine émanait une profonde quiétude et paraissait dégagé de toute forme d'insécurité. Pourtant, après les premières minutes en compagnie de ses deux invités, son visage changea d'expression. Il annonça sur un ton empreint de gravité : « Mes amis, je dois vous mettre au courant de la situation qui prévaut actuellement dans notre pays. Peut-être avez-vous noté un certain débordement au niveau de la population de notre village, sinon vous le verrez bientôt par vous-mêmes... Beaucoup se sont réfugiés ici étant victimes de persécution et d'atrocités de la part des Hans, le peuple voisin. Ces derniers ont utilisé une violence extrême en détruisant plusieurs monastères et tuant même des moines. J'ai appris récemment que notre chef spirituel s'est exilé, sa vie étant menacée. Nous qui avons toujours prêché la compassion et un règlement pacifique des conflits, eh bien en ce moment, des hommes armés sèment la terreur dans notre pays. Pour l'instant, notre village reste hors d'atteinte car nous sommes en très haute altitude, mais nous ne savons pas comment la situation évoluera. Si le besoin s'en fait sentir, il se peut que nous soyons obligés d'évacuer les lieux. »

Cet être rempli d'un Savoir que l'on ne pouvait mesurer termina sa phrase avec un trémolo dans la voix. Ses mots exprimaient l'incompréhension d'un peuple cherchant à se faire entendre. Comment pouvait-on assassiner ce qui incarne le bien ? Comment arriver à ce désir d'extermination d'un peuple qui se veut porteur d'un lien unissant l'homme et le ciel ?

Lumick, lui, n'en menait pas large. Autre peuple, autre génocide. Ces habitants du Toit du monde se reliaient maintenant aux Onondagas du Grand chef Wakata. Deux nations connaissant les lois de l'invisible, victimes d'écrasement et même d'anéantissement. L'être humain cherchait-il sa propre disparition ? Était-on dans un mouvement de suicide planétaire ?

* * * * *

Après cette rencontre, Lumick et Yimek partirent se promener dans le village. Effectivement, il y avait beaucoup trop d'individus pour le nombre d'habitations. Jhinyu Lama disait vrai.

– Je vais repartir très bientôt, dit le sherpa.
– Oui, je comprends, surtout avec la situation actuelle, répondit l'autre.

Ainsi, Yimek ne perdit pas de temps et quitta Tsurphu le lendemain par la même route mais cette fois-ci, en sens inverse. Lumick le remercia chaleureusement car sans lui, jamais il ne serait arrivé jusqu'à ces hauts plateaux himalayens.

Deux jours plus tard, on avisa le voyageur fraîchement arrivé que Jhinyu Lama désirait le revoir. Il se rendit alors au fond du monastère, dans une pièce dépourvue de tout artifice où le sage homme l'attendait. L'inquiétude sur le visage de ce dernier avait disparu et faisait maintenant place à une légèreté bienveillante.

Malgré sa petite taille, Jhinyu Lama transportait bien plus que sa propre histoire. Il se voulait une figure importante d'un peuple ayant accumulé un bagage d'enseignements sur une réalité intemporelle.

« Assieds-toi », dit-il, en montrant à son invité un petit coussin déposé par terre.

Après que Lumick eut adopté une posture confortable, l'hôte reprit la parole :
« Dis-moi maintenant, qu'est-ce qui t'a amené jusqu'à nous ? »

Comme il se sentait vraiment bien en compagnie du moine sexagénaire, Lumick prit le temps de raconter tout son périple, en commençant par les raisons l'ayant amené à partir du village de son enfance. Puis, le temps passé à Tébuzin, ensuite les Onondagas, son séjour sur le continent Noir, la rencontre avec Rirfou, ses aventures avec Éclair Noir, la traversée du désert, et finalement l'étape précédente de Jaïsalmer.

Jhinyu Lama écouta attentivement. À la fin du récit, il dit :
— À mon avis, il est vrai que les légendes contiennent une part de vérité. J'aimerais bien te donner des informations sur l'élixir de vie et la pilule d'immortalité, mais je ne peux y répondre précisément. Ces termes ne me sont pas familiers. Quoi qu'il en soit, tu es bien courageux de suivre ce chemin qui est le tien. L'appel en toi pour retrouver tes origines est grand et ce n'est pas pour rien que tu as été conduit jusqu'à nous. Il semble que le temps soit venu pour toi d'étudier la Connaissance.
— La Connaissance ? répéta Lumick.
— Oui. Pour cela, il serait bien que tu visites notre bibliothèque.

À ces mots, quelqu'un cogna à la porte et l'ouvrit partiellement. Un jeune homme apparut :

– Désolé de vous déranger. C'est pour vous dire que Rinpa Lama est arrivé après un long voyage !
– Bien, merci ! Et pendant que tu es là, je peux te demander de faire visiter la bibliothèque à notre ami Lumick ?
– Oui, bien sûr ! Avec plaisir !

Après les salutations d'usage, les deux nouveaux camarades allèrent en direction d'une porte donnant sur un couloir discret. Au bout de ce dernier, une autre porte, mais différente des autres par sa dimension plus imposante. Le jeune moine sortit une clef de sa poche et l'ouvrit. Il leur fallait maintenant gravir plusieurs marches pour atteindre l'endroit désiré.

L'escalier se terminait au milieu d'une salle très vaste, amplement éclairée par la lumière du jour. Le haut plafond agrandissait l'espace. Par les fenêtres, d'un côté on voyait le village, et de l'autre, des sommets enneigés se reposaient sur une masse nuageuse ouatée et immobile.

Un grand nombre d'étagères en bois s'élevaient sur plusieurs mètres à partir du plancher de l'immense pièce. Des livres bien ordonnés les remplissaient et se juxtaposaient les uns aux autres.

Lumick resta un moment figé par une sorte de courant lumineux qui émanait de ces bouquins, comme si chacun d'entre eux se permettait d'envoyer un rayon fertile dans sa direction. Quelque chose de grand le touchait et le plongeait au cœur des mystères de l'humanité.

Il s'approcha tranquillement d'une rangée de volumes. N'osant toucher leur surface, il s'aperçut qu'une même écriture argentée apparaissait sur leur tranche rigide. On y lisait : *Le Livre de la Connaissance*.

Lumick regarda plus bas, puis plus haut, en constatant que tous les autres bouquins de cette section portaient le même titre.

— Est-ce le même livre en plusieurs centaines d'exemplaires ? demanda-t-il.

— En effet, la Connaissance se résume à un livre. Quand on multiplie le nombre, on augmente les vibrations de chacun, dit celui qui avait le crâne rasé.

La quantité impressionnante de volumes servait ainsi à amplifier leur rayonnement. Elle voulait favoriser l'absorption d'un courant d'énergie universelle.

« Tu peux en prendre un et y jeter un coup d'œil », dit l'habitué du lieu.

D'un geste hésitant, les mains de Lumick touchèrent à l'objet précieux en le retirant de son emplacement. L'épaisseur de l'ouvrage indiquait une apparente lourdeur mais cette impression fut vite remplacée par une légèreté surprenante.

Lentement, il souleva la couverture. Une page blanche servait d'introduction. En la tournant, une feuille jumelle et vierge apparut. Puis une autre, et encore une autre.

— Mais… mais… il n'y a rien d'écrit ! dit Lumick, en parcourant le volume.

— Si tu n'y vois que des pages blanches, c'est que tu regardes à travers tes yeux humains, c'est-à-dire à travers tes limitations. La Connaissance s'acquiert à partir de l'intérieur.

Lumick ferma tranquillement le bouquin et le remit à sa place. Il en prit un autre à l'étage supérieur. Même morphologie que le précédent. Il l'ouvrit, espérant y voir quelque chose. Rien, absolument rien de visible : que du blanc sur les pages.

Déçu, il replaça humblement l'ouvrage à son endroit d'origine. Celui qui observait la scène dit :

— Ne t'en fais pas. Si Jhinyu Lama t'a permis d'accéder à notre bibliothèque, c'est que tu peux y venir quand tu le désires. Tiens, voici une clef.

— Merci, dit simplement Lumick, touché par un tel privilège.

— Je suis désolé, je dois quitter.

— Puis-je savoir ton nom ?

— Oui, je m'appelle Lenzek.

Ils se saluèrent en inclinant chacun légèrement la tête et en joignant les mains devant la poitrine.

Lumick retourna à sa chambre pour se reposer à l'horizontale. Il ne put cependant faire la sieste. Trop de pensées virevoltaient dans les méandres de son cerveau.

Un livre bien différent des autres accepta de s'ouvrir. Il donnait accès à un Savoir bien gardé à travers les âges. Son contenu révélait l'existence d'une science intérieure.

*   *   *   *   *

Malgré une certaine effervescence, un mouvement opposé faisait obstacle à une poussée évolutive. Une sorte d'appréhension habitait Lumick et demeurait non identifiable. Trois jours après sa rencontre avec Lenzek, il ouvrit tout de même la porte de la bibliothèque et gravit ensuite les escaliers.

Quelques personnes s'y trouvaient, la plupart en position assise avec un volume entre les mains. Toutes paraissaient dans une bulle énergétique de lecture, sans se préoccuper de la présence de celui qui venait tout juste d'arriver.

Lumick prit une échelle et monta deux fois sa hauteur pour atteindre un des bouquins. Chose étrange, aucune poussière ne s'accumulait sur ces ouvrages, comme si l'usure du temps ne pouvait les faire vieillir. Il redescendit ensuite et alla s'asseoir sur un coussin.

L'idée lui vint de se centrer sur sa respiration pour calmer une agitation intérieure à la fois sourde et bruyante. Après une accalmie incomplète, il ouvrit le Livre, motivé par un empressement d'aborder l'apprentissage de la Connaissance. Malheureusement, aucune écriture lisible. Les pages demeuraient sans indice d'un quelconque enseignement.

Il ferma les yeux pendant quelques minutes et fit ensuite une nouvelle tentative. Même résultat. Comme la neige au dehors, les feuilles de papier ne revêtaient qu'un blanc homogène.

Plutôt frustré, il remit le volume à sa place et quitta la bibliothèque.

Lumick se questionnait sur son incapacité à percevoir les écritures de ce Livre sacré, comparativement à d'autres en mesure de le consulter. Lui, ayant si soif de liberté, quelque chose l'emprisonnait. Des barreaux de fer l'empêchaient de sortir de sa cellule.

N'arrivant pas à voir d'issue, un besoin d'aide se fit sentir. Il demanda à rencontrer Jhinyu Lama qui se montra disponible envers son invité.

— Que puis-je pour toi ? dit le responsable du monastère.
— Eh bien voilà : je n'arrive pas à lire le contenu du Livre de la Connaissance et je suis venu pour vous demander conseil.
— Pourquoi penses-tu que tu n'as pas été capable jusqu'à maintenant ?
— C'est difficile à dire… Je ne sais pas si cela est exact, mais on dirait qu'une partie de moi s'oppose à ce que j'accède à cette Connaissance.
— Et que fais-tu avec cette partie de toi ?
— Eh bien, j'ai l'impression de me débattre.
— Voilà, tu as tout dit.
— Quoi ? dit Lumick, sans comprendre.

— Si l'ennemi devient un ami, le combat n'est plus nécessaire, dit Jhinyu Lama. Alors cesse la bataille avec toi-même. Il est écrit ceci dans le Livre de la Connaissance : *Le lien avec la Lumière se bâtit à partir de l'ombre.*

Un déclic intérieur se manifesta chez Lumick :
« Je crois que vous m'avez dit les mots que j'avais besoin d'entendre », dit l'apprenti.

C'est le cœur léger qu'il sortit de la rencontre. Sa conscience venait de percer un imposant mur. Ces peurs indomptables, avec lesquelles il fallait sortir les armes ou même fuir, osaient maintenant s'identifier et portaient un nom : l'ombre.

La surface de cette noirceur amenait la perception d'un adversaire à vaincre et cachait une réalité mystérieuse. Il valait mieux changer d'attitude vis-à-vis d'elle.

Le même soir, juste avant de s'endormir, Lumick se rappela la rencontre du cobra dans le désert, alors que ce dernier se nourrissait de la peur de mourir. L'ombre et la mort se vouaient ainsi complices. Pour les démasquer, il fallait tenter d'aller au-delà d'un ennemi apparent.

La cessation du combat semblait donc en mesure de transformer l'adversaire en allié. De cette façon, l'ombre pouvait être incinérée, et ce pour que naisse des cendres un courant de Lumière.

* * * * *

Le lendemain matin, Lumick retourna à la bibliothèque. Nul besoin maintenant de porter une armure superficielle pour le combat. Sa seule protection devenait le bouclier de sa propre force d'émanation. Quand bien même l'ombre se présentait, elle ne pouvait que fondre à son contact.

Sur une des tablettes, Lumick choisit un Livre. Il prit le temps de s'asseoir confortablement dans un espace réservé à cet effet. Puis, fermant les yeux, son rythme respiratoire diminua pour se stabiliser à une fréquence minimale. La qualité énergétique de l'air augmentait par la seule sensation de bien-être et de plénitude.

Quelques secondes plus tard, sans qu'il en eût donné l'ordre, ses mains ouvrirent le volume, soulevant du même coup ses paupières supérieures. Il s'arrêta sur une page en la fixant du regard. Son état de neutralité perçut un mouvement qui cherchait à créer un relief littéraire. Finalement, des traits d'encre noir apparurent et des lettres se collèrent les unes sur les autres. On pouvait y lire : *Le but du passage terrestre est de retrouver ses origines.*

Sans chercher à comprendre, laissant venir les mots, Lumick marmonna :
« Mes origines, quelles sont-elles ? »

Le Livre entendit la réflexion et décida de répondre à son interrogation. Une phrase surgit en devenant visible : *Avant d'être un homme ou une femme, l'être humain est un Dieu. Tout part de cette identité que l'on a en Soi.*

Puis, malgré sa volonté, l'écriture s'effaça presque instantanément. Il venait de quitter l'état de réceptivité nécessaire à la lecture. Néanmoins, le bonheur d'une réussite se propageait en lui. C'est sur cette note joyeuse qu'il désirait quitter l'endroit.

Plus tard en après-midi, Lumick partit goûter à l'air frais des montagnes. On pouvait emprunter plusieurs sentiers pédestres dans les environs du village pour des randonnées de quelques kilomètres et revenir au quartier général dans la même journée.

Le spectacle de ces géants de la nature se voulait saisissant dans son ensemble. En les regardant, Lumick s'interrogeait sur leur provenance lointaine, car elles régnaient en maîtres sur ces régions depuis des siècles, probablement même depuis des millénaires. Il se dit que peut-être leur histoire n'avait qu'une seule histoire, celle d'un lien intemporel avec le Créateur. L'origine de la montagne et de l'homme était-elle la même ? Au-delà de leur apparence respective, possédaient-ils le même bagage d'éternité ?

Après cette agréable randonnée, le monastère l'accueillit de nouveau. Il prit le repas en compagnie des résidants du lieu. Au fil des semaines, il se lia d'amitié avec plusieurs d'entre eux. Un mélange de jeunes et de plus âgés se côtoyaient quotidiennement. Ils aimaient rire de bon cœur et se moquer amicalement de chacun. Certains y restaient quelques mois et d'autres y consacraient leur vie.

* * * * *

N'étant pas retourné à la bibliothèque depuis une dizaine de jours, Lumick sentait le moment propice pour une nouvelle visite. Il attendit au milieu de l'après-midi pour s'y pointer.

Après avoir pris possession d'un Livre, il se mit dans la position et l'état souhaités, en y allant d'une demande intérieure.

Ses doigts commencèrent à bouger et se mirent à tourner plusieurs pages. Arrivés à l'endroit désiré, ils arrêtèrent de façon subite leurs fins mouvements. L'encre noire écrivait ensuite au ralenti des mots pour ainsi permettre au lecteur une meilleure intégration. La courte phrase se lisait comme suit : *Cultiver la certitude dans l'incertitude.*

Lumick lut sans trop comprendre :
« Puis-je avoir des précisions ? » dit-il, en s'adressant au Livre.

Dans un échange spontané, d'autres traits d'écriture firent leur apparition : *L'ultime certitude est la Connaissance de sa réelle identité.*

Cette dernière phrase amplifiait son niveau de résonance en Lumick pour qu'une transcription s'effectue dans tout son véhicule physique.

« Quelle est ma réelle identité ? » demanda-t-il.

Le Livre se referma de lui-même, comme si ce dernier attendait le bon moment pour manifester une sagesse autrement que par l'écriture. Lumick n'en fut nullement troublé et ressentait même l'appel à plonger vers une plus grande intériorité.

Son rythme cardiaque ralentissait à mesure qu'une sérénité prenait place. Puis un immense frisson pénétra tout son corps, de la tête aux pieds. Alors une voix en dedans de lui, plus forte que la sienne, manifesta vibratoirement sa présence :

« Ayrus ! » entendit-il.

L'univers ne faisait ainsi que répondre à sa question et des larmes coulèrent sur ses joues. Il sanglotait ses propres retrouvailles, c'est-à-dire une reconnexion consciente avec son essence subtile. Ayrus ne se voulait plus seulement le dieu-soleil qu'il inscrivait au bas de ses tableaux à l'époque de Jaïsalmer, mais c'était aussi Lui, dans sa plus pure expression.

La certitude se montrait enfin. Celle au-delà de l'incertitude, celle au-delà de ses propres limitations. Il y avait donc Lumick, l'homme, et Ayrus, l'être divin. Les deux semblaient séparés mais en fait, ils ne formaient qu'Un.

*   *   *   *   *

Des mois passèrent et la certitude en Lumick se reconstituait progressivement au même rythme que l'élargissement de sa conscience. Pourtant invisible à l'œil nu, il arrivait que l'identité d'Ayrus devienne palpable intérieurement et porteuse d'une joie intense.

Bien entendu, l'humain avec ses doutes et ses peurs revenait constamment à la charge. L'ombre semblait posséder sa propre stratégie pour ensevelir la Lumière. Il fallait régulièrement nettoyer des couches poussiéreuses et enlever de vieux manteaux troués pour accéder à sa vraie nature. De façon sournoise, des combats non désirés choisissaient parfois de monter dans l'arène au lieu de cohabiter pacifiquement. L'état de permanence de la certitude était loin d'être acquis.

Un matin, après le réveil, Lumick se rendit à la salle de bain. Comme à l'habitude, il s'aspergea le visage d'eau froide. Par la suite, dans un autre geste routinier, il s'essuya en s'observant brièvement dans le miroir. Cette fois-ci, son regard ne pouvait se décoller de son propre reflet et resta dans une position fixe pendant un certain temps.

D'un ton mi-sérieux, mi-blagueur, il posa ensuite une question :
— Miroir, pourquoi m'as-tu menti ?
— Je ne t'ai pas menti. Je n'ai fait que te montrer la vision que tu avais de toi-même, répondit la surface de verre.
— L'illusion est tellement forte... Mais pourquoi chaque fois que je me suis regardé ne m'as-tu pas montré qui je suis réellement ?
— L'image ne part pas de moi, mais plutôt de toi. Projette autre chose et une autre image te sera envoyée, dit le miroir.

Lumick prit alors conscience que les yeux humains ne restaient que dans l'extérieur des choses, en ne parcourant que la surface de toute matière visible. On ne pouvait ainsi toucher à l'existence de sa réelle identité que si la tromperie de la chair et de la densité matérielle était transcendée.

* * * * *

Deux années s'écoulèrent. Le processus d'installation de la divinité d'Ayrus dans le corps de Lumick se poursuivait tranquillement. À mesure que des limitations tombaient dans le hachoir de l'épuration, des morceaux de certitude se greffaient à une verticalité intérieure.

Lorsqu'il parvenait à bien percevoir son essence divine, la roue du temps s'arrêtait complètement de tourner. Le passé n'existait plus, le futur s'évaporait. Que cet instant présent à savourer, si riche et si paisible.

Un jour, alors qu'il passait le balai dans sa chambre, son ami Lenzek le salua et lui dit :
— Jhinyu Lama voudrait te voir.
— J'y vais immédiatement, répondit Lumick, en laissant à plus tard ses tâches ménagères.

Après l'accueil habituel, celui qui s'occupait du bon fonctionnement du monastère aborda le sujet qui motivait cette rencontre :
« Comme cela m'intriguait, j'ai parlé il y a plusieurs mois à un de mes confrères concernant ta quête de l'élixir de vie et de la pilule d'immortalité, et j'ai eu des réponses hier. »

Les yeux de Lumick s'agrandirent et ses oreilles devinrent encore plus réceptives. Jhinyu Lama poursuivit :
« Je ne peux être complètement sûr de ce que je te dis car ces informations ne viennent pas de moi, mais à mon avis, la source est fiable. Alors voici : lorsque j'ai soumis cette question à mon confrère, lui non plus ne pouvait me répondre avec précision, mais par la suite il a fait sa propre enquête. Un des membres influents de notre pays lui aurait dit que l'élixir de vie et la pilule d'immortalité existent vraiment. »

Lumick sursauta. Après tant d'années d'exil, mettrait-il enfin le doigt sur ces secrets? Voyant bien l'importance de ce sujet pour son vis-à-vis, le sage homme enchaîna immédiatement:
— Un autre peuple ayant une aussi vieille tradition que la nôtre en serait porteur.
— Puis-je savoir quel est ce peuple? Et où se trouve-t-il? demanda avec empressement le principal intéressé.
— Eh bien… Ce sont les Hans qui habitent le territoire voisin.
— Vous voulez dire ceux qui ont envahi votre pays?
— Oui.
— Mais… comment un peuple peut-il transporter de si grands secrets et en même temps torturer des gens?

Après une longue respiration, Jhinyu Lama intensifia son regard et dit:
« Tout ce que je peux te dire, c'est que plus la Lumière est forte, plus l'ombre se colle et s'acharne sur elle. »

*   *   *   *   *

Lumick prit quelques jours pour se remettre de cette révélation. Au moment où il s'y attendait le moins, on le remettait sur la piste de son ultime quête. L'exaltation du voyageur renaissait et cela semblait indiquer l'annonce d'un déplacement imminent, malgré tout le bonheur de fréquenter quotidiennement les gens de Tsurphu.

Dans l'apparence physique, des différences se percevaient entre cette population et Lumick. Par contre, à un autre niveau, la fibre de l'âme s'agitait joyeusement avec cette sensation d'y retrouver des frères et des sœurs. Cela lui rappelait les Onondagas et le Grand chef Wakata. Le même sentiment, la même famille. Deux peuples se voulant des transmetteurs d'un enseignement initiatique, pourtant en proie à la bêtise humaine. La survie même de cette planète semblait étroitement liée au sort réservé à ces traditions ancestrales.

Lumick sortit d'un tiroir son baluchon, ce fidèle compagnon qui le suivait depuis le départ de son village natal. À nouveau l'inconnu. À nouveau ce déchirement au cœur à l'idée de quitter des êtres et un lieu où il faisait bon vivre. À nouveau cette solitude. C'était semble-t-il le prix à payer pour l'écoute de sa propre conscience qui dictait parfois implacablement la conduite.

Changement d'altitude

Bien que paraissant plus facile que la montée, la descente à une plus basse altitude demandait aussi sa part d'efforts physiques, surtout à cause de la sollicitation de certains muscles des cuisses et des jambes dans les pentes plus abruptes. L'oxygène, par contre, augmentait sa présence et facilitait l'endurance à marcher des heures.

À la différence du parcours qui marquait l'ascension vers Tsurphu, une chose importante venait assombrir le décor majestueux et reposant de ces hautes montagnes. On ne pouvait poser le pied au sol sans l'associer à une forme de vigilance étant donné le climat politique. Un étranger ne devait pas se faire surprendre par l'envahisseur car sans doute passerait-il pour un collaborateur de l'ennemi. C'est pourquoi Lumick devait se rendre à la frontière le plus rapidement possible sans être capturé.

À son départ de Tsurphu, Jhinyu Lama insista pour qu'il soit accompagné, car se promener dans ce territoire montagneux sans une expérience adéquate signifiait courir à sa propre perte.

Konipa, environ du même âge que Lumick, connaissait la meilleure route pour amener son compagnon à l'endroit demandé. Il habitait Tsurphu avec les membres de sa famille depuis plus d'un an, l'invasion des Hans l'ayant forcé à se déplacer sur les hauts plateaux himalayens.

Un soir, n'arrivant pas à s'endormir, Lumick repensa aux moments de son départ de Tsurphu. Un désarroi évident criait alors sa détresse à la seule pensée de se séparer du Livre de la Connaissance qui ne pouvait sortir de la bibliothèque du monastère. C'était bien plus qu'un livre, c'était aussi Lui à travers ce Livre. Comment pouvait-on partir et laisser derrière soi ce qui appartient à sa fibre interne ?

Voyant l'inconfort de Lumick, Jhinyu Lama se permit de dire avec une grande sagesse :
« Le Livre de la Connaissance n'est pas seulement ici à Tsurphu, il est d'abord à l'intérieur de Toi… Tu Es ce Livre. »

Une émouvante étreinte suivit entre les deux hommes. Lumick fit alors ses adieux à cette vibrante terre d'accueil.

Le souvenir de ce récent passé l'emmena finalement à succomber à la lourdeur de ses paupières. Il plongea dans un profond sommeil sous les lueurs de l'astre nocturne.

Quelques jours plus tard, le décor montagneux fit place à autre chose : une terre plate et le début de champs verdoyants. La descente était terminée. Lumick sentit qu'ils arrivaient à la frontière de deux pays :
— Nous y sommes ? demanda-t-il à Konipa.
— En effet.
— Cher ami… Comment te remercier ?
— Quand tu en auras la chance, parle de nous, de notre peuple, de cet héritage ancestral vieux comme le monde qui est menacé de disparition.
— Je n'y manquerai pas, répondit Lumick.

Mettant la main dans son sac, Konipa reprit la parole :
— Tiens ! Voici un peu de nourriture, dit-il en lui remettant du fromage et de l'orge grillée.
— Je t'en suis reconnaissant, dit l'autre.

Ils se firent une chaleureuse accolade empreinte des émotions d'un « au revoir » définitif. Dans un ultime regard, Lumick prononça :

— *Tou djé tché.*[1]

— *Kalé pé*[2], dit celui qui devait retourner chez les siens.

Les deux individus se tournèrent lentement le dos. Il ne restait plus qu'un fil invisible les unissant à jamais.

---

1 « Merci » en tibétain.

2 « Au revoir » en tibétain.

Ginzhou

Le climat se réchauffait agréablement. Peu de temps après l'éloignement de Konipa, ne voyant plus la nécessité de porter ses lourds vêtements d'hiver, Lumick-Ayrus décida de creuser un trou dans le sol et de les enterrer. Il préférait ne laisser aucune trace de son séjour en montagne par crainte de représailles.

Au cours des jours suivants, il décida instinctivement de poursuivre sa route en direction du soleil levant. Des champs à perte de vue se vautraient au sol et laissaient le vert de leur parure s'exprimer.

D'un pas ferme et régulier, Lumick continuait à fouler le sol des Hans, ce pays que l'on appelait l'Empire du Milieu. Au fil de son avancée, il aperçut des paysans qui travaillaient dans les rizières, souvent le dos penché et les pieds dans l'eau.

De temps à autre, il rencontrait des hommes conduisant des charrettes tirées par des bœufs qui transportaient différentes marchandises : foin, bois, légumes et fruits. Des enfants se mettaient parfois à rire en le saluant vivement de la main. En retour, Lumick posait le même geste, accompagné d'un sourire. Un certain contact s'établissait donc avec ce peuple aux yeux bridés.

En voyant la simplicité de ces gens de la campagne, Lumick dut faire face à ses propres préjugés envers ces habitants, à cause de l'occupation forcée de la nation de Jhinyu Lama. Ces paysans portaient la terre en eux et non la guerre. Ils ne pouvaient être les responsables de l'assaut d'un territoire pacifique. Un brouillard d'incompréhension se hissa alors dans la tête du voyageur solitaire.

Au loin, s'éleva un nuage poussiéreux provenant de la route. Un véhicule roulait à toute vitesse. Lumick eut immédiatement le réflexe de se ranger en bordure du chemin pour laisser circuler librement un camion de couleur foncée. Puis, sa voix intérieure lui dit :
« Cache-toi ! »

Sans se poser davantage de questions, il repéra quelques arbustes et se mit derrière, à plat ventre. Entre deux petits troncs, l'angle de vision lui permettait de voir la route à une dizaine de mètres devant lui.

Le bruit du véhicule s'intensifiait et se rapprochait. Un klaxon se fit entendre plusieurs fois et le camion dut ralentir, presque s'arrêter. Une trentaine de vaches obstruaient son parcours. D'un pas lent et insouciant, les bêtes se tassèrent tranquillement une à une, comme pour s'amuser à irriter le chauffeur qui criait un jargon incompréhensible au gardien du troupeau. Celui-ci, intimidé, n'osa répliquer à ces propos intempestifs et concentra son attention à écarter le plus rapidement possible les animaux de la route.

De son repère, Lumick pouvait voir la scène. Un drapeau agitait fièrement son allégeance au-dessus de l'engin motorisé. Plusieurs hommes étaient assis derrière, portant le même vêtement : un habit vert kaki avec des traits rouges sur les épaules et une casquette aux mêmes couleurs. Chacun tenait à la main une arme à feu longiligne d'où pouvaient jaillir des balles meurtrières.

Le camion accéléra ensuite et s'éloigna en direction du pays de Jhinyu Lama.

Lumick sortit de sa cachette. À mesure que la poussière soulevée par le passage du véhicule retombait sur la route, un mouvement similaire se vivait intérieurement. Le brouillard d'incompréhension qu'il avait ressenti quelques minutes plus

tôt finit par se dissiper :
« Il y a la Lumière de ces gens rattachés à la Terre… et l'ombre de ceux qui l'ont oubliée », se dit-il à voix basse.

* * * * *

Après plusieurs jours de marche, Lumick s'approchait d'une ville. Cela se percevait par l'achalandage de la route.

Quelques heures plus tard, il pénétra dans le milieu urbain. L'activité humaine et le rythme citadin contrastaient indéniablement avec la tranquillité de la campagne. Certains bruits devenaient agressants pour celui qui avait pris l'habitude de se nourrir du silence extérieur.

Cette ville s'appelait Ginzhou. Il fallait maintenant que Lumick reste vigilant et à l'affût des moindres détails se présentant à lui. Il était semble-t-il dans le pays de l'élixir de vie et de la pilule d'immortalité. À tout instant, un événement pouvait le guider vers les secrets d'une légende et le but ultime de sa quête.

Il prit alors pour refuge un arbre situé dans un parc verdoyant. La circonférence du tronc dégageait une force de protection et le feuillage donnait l'impression d'un toit enveloppant.

Chaque matin, au réveil, une quinzaine de personnes d'âge mûr se rassemblaient non loin de lui. Elles exécutaient les mêmes gestes avec lenteur et dans un synchronisme parfait. Malgré l'apparente simplicité de la chose, chaque participant semblait bien concentré et on pouvait deviner l'aspect méditatif de l'exercice.

Après quelques semaines, Lumick se dit finalement que Ginzhou ressemblait à toutes les autres villes qu'il avait connues dans le passé, mis à part certaines exceptions. Devait-il quitter bientôt cet agglomérat humain au profit d'un élan vers d'autres régions de ce pays ?

Le soir même, ce questionnement occupa ses pensées et l'empêcha de s'endormir. La lune perchée dans le firmament étoilé l'observait affectueusement. Elle avait mis pour l'occasion sa robe blanche et montrait une rondeur plus que parfaite, exhibant ainsi sa splendeur nocturne. Le voyageur l'aperçut : « Reine de la nuit, puisses-tu un jour unir ta beauté à celle du soleil, pour qu'enfin la nuit et le jour ne soient plus séparés », dit-il.

Simultanément à ces paroles, la douceur féminine du rayonnement lunaire l'emmitoufla d'une couverture invisible de tendresse pour le plonger dans le sommeil.

Le lendemain, au milieu de l'après-midi, Lumick prit le temps de s'asseoir sur un muret de brique et d'avaler quelques gorgées d'eau à la suite d'une longue promenade. À une distance d'environ soixante mètres, des piétons circulaient entre deux bâtiments espacés – probablement une ruelle que ses pieds n'avaient pas encore explorée. Il décida finalement de s'en approcher.

En s'aventurant sur le pavé de pierres grisâtres qui recevait une affluence de gens, il rencontra des artisans installés dans plusieurs kiosques et qui tentaient de vendre leurs créations.

À un premier endroit, un peintre s'exécutait sur son chevalet devant les passants et utilisait différentes couleurs sur du papier de riz. L'espace d'un moment, Lumick eut le souvenir de Jaïsalmer alors que l'intuition de son pinceau répandait des pigments sur une toile.

Puis, en marchant, une sensation très étrange prit naissance dans son monde intérieur. Il arrêta soudainement ses mouvements pour mieux percevoir ce début d'inconfort. Sans qu'il puisse vraiment l'identifier, quelque chose voulant connaître son intimité pénétrait de façon intrusive en lui. On le regardait. Il en était sûr. Quelqu'un le regardait.

D'un geste vif, il tourna sa tête vers la gauche, vers le kiosque de l'autre côté de la ruelle. Il tomba sur un regard féminin et leurs yeux se croisèrent. Du coup, la femme se détourna rapidement, surprise à son propre jeu. L'inconfort venait de changer de côté.

Ne voulant ajouter au malaise, Lumick reprit le rythme d'un pas régulier en s'éloignant ainsi de l'observatrice.

Continuant ensuite sa visite auprès de ceux et celles qui exhibaient leurs œuvres, il ressentit une difficulté à apprécier l'art de chacun, ne faisant que revoir intérieurement ce regard insistant qu'il venait de démasquer. Un jet oculaire perçant, capable de voir jusqu'à la rétine derrière la pupille et de deviner le reflet de l'âme. Son détournement soudain entraîna le mouvement d'une longue chevelure noire et la perception d'une femme aux yeux bridés un peu plus jeune que lui.

« Mais pourquoi me regardait-elle ainsi ? » se demanda Lumick.

Au bout de la ruelle se trouvait une intersection. Quelque chose freinait son élan à la traverser. Les yeux indiscrets semblaient le poursuivre et le talonner, bien que complètement hors d'atteinte visuelle. À ce moment précis, un carrefour se présentait à lui, un carrefour qui ne pouvait se répéter. De l'autre côté de la rue, il ne savait pourquoi, mais il serait trop tard pour changer d'idée. Il fallait décider maintenant.

« Alors allons-y ! » se dit-il.

Lumick fit demi-tour. Ses pensées voulaient résoudre une curieuse interrogation. À peine quelques minutes plus tard,

il arriva au kiosque de celle qui l'avait perturbé. Sa voix prit l'initiative :
« Bonjour ! » dit-il.

Occupée à frotter une statuette de marbre, elle leva les yeux et reconnut l'étranger. Elle dissimula rapidement l'effet de surprise :
— Euh... bonjour ! dit-elle, avec un demi-sourire.
— Puis-je visiter ? demanda Lumick.
— Bien sûr !

Il se déplaça dans l'espace réservé à cette commerçante, en jetant un coup d'œil sur les différentes œuvres, soit plusieurs sculptures d'argile et de jade. On voyait sur les étagères des dragons, des phœnix, des tortues et d'autres animaux mythiques.

— C'est vous qui avez fait tout ça ? interrogea Lumick.
— Oui, c'est moi, dit la jeune femme.
— C'est vraiment très beau ! exprima-t-il, impressionné devant tant de complexité et de minutie dans les différentes formes.
— Merci ! dit-elle, heureuse que son art plaise au visiteur.

Puis, ressentant une sorte de fébrilité et ne sachant comment le dire, Lumick osa tout de même demander :
« Vous voudriez me montrer à sculpter ? »

L'expression du visage féminin démontra son étonnement. Après un instant d'hésitation, elle dit finalement :
« Eh bien... si cela vous tente, je dois me rendre demain à mon atelier. Vous pouvez y venir et on verra par la suite. »

D'un commun accord, ils se fixèrent un point de rencontre pour le lendemain.

Lumick dormit peu au cours de la nuit. Plusieurs fois il voulut s'entretenir avec la lune, mais cette dernière resta silencieuse.

Au matin, il se présenta au rendez-vous. Tous les deux marchèrent ensuite une bonne heure, au-delà des limites de Ginzhou, pour arriver dans un petit village où se trouvait le lieu de travail de l'artiste. En fait, bien plus qu'un atelier, l'endroit comprenait aussi la résidence familiale où la jeune femme avait passé son enfance et son adolescence. Ses parents y habitaient toujours, ainsi que ses deux frères et trois sœurs.

Plus d'une vingtaine d'années auparavant, le hangar derrière la maison avait été transformé en atelier de sculpture. À la suite d'une sécheresse interminable et de deux mauvaises récoltes consécutives, le père de la famille avait troqué sa bêche pour un biseau. De cultivateur, il était devenu sculpteur. Son habileté manuelle ne faisait aucun doute, sauf que plus tard, des problèmes articulaires aux doigts lui avaient fait perdre la finesse et l'agilité nécessaires à la production de son art. Il avait juste eu le temps de transmettre son savoir à sa fille aînée.

Elle s'appelait Yueliang. Grâce à la vente de ses œuvres, la famille pouvait compter sur un certain revenu. Au cours des dernières années, ses frères s'étaient remis à labourer les champs pour apporter une nourriture essentielle à leur survie.

Ainsi, le visiteur fit la connaissance de l'entourage proche de Yueliang. On l'accueillit chaleureusement.

Très rapidement, Lumick s'aperçut qu'il possédait des aptitudes pour la sculpture. Ses mains s'exécutaient facilement au contact d'une matière transformable. Avec l'argile, il redécouvrait le sens du toucher et la sensualité du geste fin.

En peu de temps, avec les bons conseils de Yueliang, l'apprenti développa une autonomie presque complète. Il perfectionna son approche et de nombreuses créations, issues de son imaginaire fertile, apparaissaient grâce à sa dextérité manuelle.

Yueliang se déplaçait de la campagne à la ville quasiment tous les deux jours et Lumick l'accompagnait régulièrement. Il sut la convaincre de lui laisser une petite place au kiosque pour exposer ses œuvres et tenter de les vendre aux passants. À leur plus grand plaisir, des acheteurs firent l'acquisition de quelques-unes des pièces du nouveau sculpteur. Dans un geste de reconnaissance, Lumick remit tout le montant des premières ventes à Yueliang et sa famille.

Au fil du temps passé ensemble, Lumick et Yueliang développèrent une complicité évidente. Quelque chose de facile, de simple et de léger coulait entre eux.

Non loin de la maison familiale, à quelques minutes de marche, se trouvait une petite colline. Lumick y allait régulièrement pour assister aux dernières lueurs du jour et se gaver de l'énergie solaire juste avant sa disparition.

À la fin d'une journée de travail, Yueliang l'accompagna à cet endroit et tous les deux s'assirent sur un énorme rocher.

— Puis-je te poser une question ? dit Lumick, sentant le moment propice.
— Bien sûr, répondit Yueliang.
— Te rappelles-tu quand, à Ginzhou, je marchais en face de ton kiosque et que nos regards se sont croisés pour la première fois ?
— Oui, je me rappelle.
— J'ai tellement senti tes yeux sur moi à ce moment-là... Pourquoi me regardais-tu ainsi ?
— Je me doutais qu'un jour tu reviendrais sur ce sujet. Tu veux vraiment que je te dise la vérité ? dit-elle.
— Oui, répondit Lumick.

Yueliang se rapprocha de lui et, pour la première fois, prit sa main :
« Regarde-moi », dit-elle d'une voix douce et invitante.

Timidement, il projeta ses yeux dans les pupilles féminines. Une affection mutuelle circulait entre eux et se fusionnait dans un mélange intangible. Puis, en délaissant temporairement son regard, elle dit :
« Que vois-tu là-bas, au loin ? »

Lumick tourna sa tête. Un paysage de verdure s'étendait sur une distance ayant pour fin une ligne horizontale. En arrière-plan, à des milliers de kilomètres, se trouvait un ami précieux qui perdait de sa force dans ce début de transition crépusculaire.

— Le soleil, dit simplement Lumick.
— Eh bien, quand je t'ai aperçu la première fois, c'est cela que j'ai vu : j'ai vu un brillant soleil à l'intérieur de toi. C'est pour cela que je t'ai tant regardé.

Quelques secondes plus tard, elle ajouta :
— Sais-tu ce que veut dire mon nom ?
— Non, je ne sais pas, répondit Lumick.
— Si tu sais bien me regarder, peut-être y verras-tu ce que je suis, dit-elle.

Après avoir scruté intensément celle qui se tenait devant lui, quelques mots sortirent de la bouche de Lumick :
« Je vois une lumière dans la nuit… je vois la lune. »

Puis, tendrement, le visage de Yueliang se rapprocha à une mince distance de son vis-à-vis et elle murmura :
« Tu as bien vu. Je t'attendais depuis si longtemps. »

Ses lèvres se posèrent sur celles de Lumick et l'ivresse de ce contact tant désiré se fit sentir de part et d'autre. Cet élan corporel apportait la signature de grandes retrouvailles avec des répercussions non seulement sur ces deux êtres humains, mais aussi à travers tout le cosmos. La lune retrouvait le soleil, et le soleil se reconnectait enfin à la lune. L'Orient et l'Occident se mariaient et leur réunion devenait le symbole d'une voie unificatrice. L'est et l'ouest ne formaient plus qu'une seule et même direction.

Maître Laozi

L'effervescence de ce rapprochement intime ne devait pas faire oublier à Lumick les raisons de sa présence sur le territoire des Hans. Il quitta Tsurphu sur les conseils avisés de Jhinyu Lama dans le but de poursuivre sa quête de l'élixir de vie et de la pilule d'immortalité.

Lumick n'osa jusque-là en parler à Yueliang, mais l'intimité qui se développait entre elle et lui changeait les données. Il fallait maintenant dévoiler complètement son jeu.

Un jour de beau temps, ils retournèrent se balader sur la petite colline près de la maison. Ce lieu semblait propice aux confidences :
« J'ai quelque chose à te montrer », dit Lumick.

Mettant sa main droite dans un étui de cuir, une pièce d'or surgit. On y voyait l'effigie du roi de son village d'enfance. Il s'en servit comme introduction pour raconter les vrais motifs de sa présence dans le pays des Hans.

Yueliang écouta religieusement. À la fin du récit, des mots sortirent de sa bouche :
« Il y a deux choses... » dit-elle.

Appréhendant sa réponse, Lumick retint son souffle. Yueliang continua :
« La première est ceci : je t'aime encore plus », prononça-t-elle, dans une touchante envolée.

Poursuivant sur sa lancée, elle dit :
« ... et la deuxième, c'est que les termes d'élixir de vie et de pilule d'immortalité ne me disent rien, et je ne peux pas vraiment t'aider à résoudre l'énigme de ta quête, sauf que je connais une personne qui peut-être pourrait te mettre sur une piste. »

Sur le coup, Lumick accorda peu d'importance à ce dernier propos, soulagé par la réaction de sa compagne. Ce n'est que lorsqu'ils empruntèrent le sentier du retour qu'il lui demanda :

– Tu disais qu'il y a une personne susceptible de m'aider ?

– Oui, c'est un homme qui habite un village se trouvant à quelques heures de marche. Si tu le désires, on peut s'y rendre bientôt.

– D'accord, répondit-il.

C'est ainsi que, deux jours plus tard, ils se mirent en route aux premières lueurs de l'aube. Une fraîcheur humide occupait l'air environnant et se faufilait sans indiscrétion sous les vêtements. Quelques minutes après leur départ, des coqs profitèrent de cet instant de la journée pour chanter un hymne cacophonique, sonnant alors le réveil de plusieurs créatures.

Après quatre heures de marche, entrecoupées de quelques moments de répit, ils arrivèrent à Quendu, un village de faible population. Un certain nombre d'enfants se précipitèrent joyeusement pour les accueillir.

Au bout de ce village, une immense paroi rocheuse s'élevait si abruptement qu'il fallait s'allonger le cou pour la regarder. La rectitude de l'énorme bloc de pierres surprenait, de même que les habitations stylisées se collant à cette paroi grâce à de très longs pilotis qui prenaient assise au sol.

« C'est là-haut qu'il faut se rendre », dit Yueliang.

Pour accéder à ces résidences perchées sur ce mur de roches stratifiées, il fallait emprunter un escalier de bois. Après quelques minutes de montée, une plateforme les dirigeait vers une entrée privée. Un homme assis sur une chaise, tête baissée, devait surveiller le lieu mais un confort l'avait fait tomber dans un ronflement inégal.

Poliment, Yueliang dut malgré elle élever le ton pour demander une rencontre avec le propriétaire de l'endroit. L'homme subitement réveillé laissa entrevoir une culpabilité d'avoir succombé au sommeil durant ses fonctions. Il fit signe aux deux personnes d'attendre.

Peu de temps après, le serviteur réapparut :
— Maître Laozi peut vous recevoir. Veuillez entrer, dit-il.
— Merci ! répondirent d'une même voix Lumick et Yueliang.

De hauts vases de porcelaine finement travaillés se tenaient debout sur le plancher et plusieurs symboles calligraphiques habillaient les murs. Chaque objet semblait y trouver une place en résonance avec un espace précis lui correspondant.

L'endroit procurait une sensation d'apaisement et invitait au silence. Les mots non porteurs d'un tel courant ne pouvaient y trouver refuge. Lumick et Yueliang respectèrent la consigne et ne dirent rien.

Après un temps d'attente, un homme apparut. Une longue barbe blanche et des rides au visage trahissaient son âge avancé. Pourtant, une discordance assez évidente brouillait les cartes. Tous les gestes accompagnant ses déplacements provenaient d'une étonnante souplesse et d'une grande vivacité intérieure.

De plus, ses vêtements de soie d'un bleu éclatant, sur lesquels s'imprimaient de nombreuses étoiles jaunes, apportaient un effet de surprise. Quand Lumick aperçut cet accoutrement, il eut le souvenir de Rirfou et de Clownville sur l'île de Pokar. Des secousses de rire intérieur voulaient s'exprimer mais il choisit de taire cette envie.

L'hôte vint s'asseoir en face des deux visiteurs et se rappela très bien le visage de Yueliang. Il y a plusieurs années, elle

était venue le consulter en compagnie de son père au sujet des problèmes de santé de ce dernier. Les trois échangèrent quelque peu. Par la suite, une question fut soulevée :
« Que me vaut l'honneur de votre visite ? » demanda Maître Laozi.

Lumick et Yueliang se regardèrent. D'un accord tacite, celui dont la quête l'avait amené sur ce territoire prit la parole. Il raconta la légende qui était à la source de son aventure et ensuite quelques étapes de son parcours.

— Puis-je savoir si vous pouvez m'aider à résoudre l'énigme de l'élixir de vie et de la pilule d'immortalité ? demanda-t-il pour conclure.
— Eh bien ! Que de chemin parcouru pour éclaircir ces mystères ! s'exclama l'homme à la barbe blanche, avec une sonorité très joviale derrière les mots.

Puis, il ne put s'en empêcher, son corps commença à se bidonner au rythme d'éclats de plus en plus forts :
« Hi ! Hi !… Hi ! Hi !… Wouaaahhhhh ! ! !… »

Impossible de s'arrêter. Des poussées hilarantes l'amenèrent à se plier en deux. N'étant plus capable de soutenir la position assise, il s'écroula par terre tellement la folie du rire se propageait en lui.

Lumick, sidéré, regarda Yueliang :
« Mais… il est cinglé ou quoi ? ! »

Elle ne savait que répondre, complètement déconcertée par cette réaction loufoque qui lui semblait déplacée.

Les larmes aux yeux, le vieil homme se releva tranquillement avec un joyeux mal de ventre. Il reprit son siège avec encore quelques secousses de rigolade.

« Oulalala ! Merci de m'apporter cette dose de rire ! Veuillez m'excuser, c'était plus fort que moi », dit-il.

Le calme prit finalement le dessus. Il regarda Lumick et poursuivit :
« Je suis désolé de te le dire, mais l'élixir de vie, tu y as déjà goûté. Je pourrais te dire ce que c'est, mais il est préférable que tu le découvres par toi-même. Alors quand tu le sauras, si le cœur t'en dit, reviens me voir. »

Puis, sans plus tarder, il se leva en joignant ses mains et conclut :
« Je dois maintenant me retirer. Je vous remercie de votre visite et vous souhaite un bon chemin de retour. »

Sans rien ajouter, celui accoutré d'étoiles jaunes disparut derrière une porte aussi rapidement qu'il avait fait son apparition. Complètement stupéfait, Lumick questionna Yueliang :
« Tu veux bien m'expliquer ce qui vient de se passer ? »

Elle n'eut pas le temps de dire quoi que ce soit. Le serviteur entra alors dans la pièce et vint les chercher pour les accompagner immédiatement vers la sortie.

À l'extérieur, Lumick réagit instantanément :
— Mais c'est quoi ce cirque ? articula-t-il, à haute voix. Tout ce trajet pour me faire dire des conneries !!
— Calme-toi ! supplia Yueliang, en lui saisissant le bras.
— Non ! Laisse-moi ! dit-il, en s'arrachant presque aussitôt de sa partenaire.

Rapidement, Lumick descendit les escaliers, puis s'éloigna. À cause de sa frustration, tous les cailloux se trouvant sur son chemin se firent botter le plus loin possible. Un, par contre, plus imposant que les autres, refusa de subir un tel traitement et mit à profit son alliance avec le sol. Malgré l'élan du pied droit, le fragment de pierre ne bougea aucunement, avec pour résultante une douleur aiguë sur le gros orteil et des injures.

Voyant qu'il retournait le tout contre lui, Lumick arrêta de gesticuler inutilement. Un besoin inconscient d'appui l'entraîna par la suite à se diriger vers un arbre et à s'adosser contre l'écorce du tronc. De la main gauche, il prit une brindille d'herbe et la mit entre ses lèvres. Même si, en apparence, son physique se calmait, sa mâchoire ne put s'empêcher de mastiquer sauvagement ce qu'il venait tout juste d'arracher du sol. Bref, il fulminait encore.

« Comment veux-tu comprendre les choses de l'intérieur si tu restes dans cet état ? » dit une voix qui se collait à son dos.

L'arbre pouvait ressentir tout ce que Lumick vivait. Nulle distance ne les séparait.

« Tu n'as plus besoin de comprendre avec ta tête. Il existe une autre forme d'intelligence : celle du corps. Les secrets de l'élixir de vie et de la pilule d'immortalité passent par cette forme d'intelligence », dit le feuillu, presque centenaire.

Surpris de ce discours, Lumick fut incapable de contredire ces mots. Son agitation mentale eut envie de poser une question, à savoir si un fond de vérité existait dans l'échange qui venait tout juste d'avoir lieu avec celui que certains appelaient Maître Laozi.

« Ce n'est pas important de le savoir. Pense avec ton corps », entendit-il.

Décidément, une justesse habitait les propos de l'arbre. Lumick le remercia de lui apporter ces enseignements qui nourrissaient sa fibre interne. Sans attendre plus longtemps, il rejoignit Yueliang qui était soucieuse de la tournure des évènements :
« Je te demande pardon », dit-il.

Heureux de se retrouver, tous les deux firent ensuite le chemin en sens inverse et arrivèrent à la maison familiale juste avant la tombée de la nuit.

* * * * *

Le surlendemain de leur retour de Quendu, l'activité quotidienne à l'atelier reprit son cours. De nouvelles sculptures se faisaient biseauter et marteler à petits coups. Lumick repensait régulièrement à cette rencontre bien étrange avec cet homme aux allures plutôt excentriques et d'un comportement douteux, qui se voyait pourtant attribuer le nom de Maître.

«Peut-être que peu de choses séparent la folie de la sagesse», se dit-il.

Un soir, après une bonne journée de travail, Yueliang et Lumick s'allongèrent dans l'intimité. La noirceur rendait difficile la vision de l'autre mais apportait un plaisir renouvelé et amplifié de leurs sens. Les caresses des doigts cherchaient à communiquer des vibrations d'amour envers l'être aimé. Deux êtres s'unifiaient dans un partage impliquant leur dimension de totalité.

Dans ce moment intense de rapprochement, une énergie pétillante se mit à circuler en Lumick à partir du bas de la colonne vertébrale, ce qui freina brusquement ses élans corporels. Une importante prise de conscience vint ensuite allumer une lanterne qui n'attendait que l'instant opportun pour manifester son éclairage. Couché sur le dos, des larmes de bonheur coulaient de chaque côté de ses yeux :
— J'ai enfin compris, dit-il à Yueliang.
— Compris quoi ?
— J'ai enfin compris, répéta-t-il, dans l'intention de couler ces mots dans le béton pour que plus jamais il ne soit séparé de cette sensation.

Yueliang posa à nouveau sa question mais il n'arrivait pas à compléter sa phrase. L'intensité émotive du courant d'énergie l'en empêchait.

Ce n'est que le lendemain que Lumick put partager avec sa compagne ce qu'il avait vécu. Une intelligence autre que celle provenant de son cerveau logique se manifesta pour qu'une réelle compréhension s'intègre à partir de l'intérieur. Maître Laozi n'était donc pas si fou.

* * * * *

Quelques jours plus tard, Lumick quitta seul la maison familiale en direction de Quendu.

Après une longue randonnée à pied, il parvint jusqu'à la résidence de Maître Laozi. Le même ronflement l'attendait. Fidèle à son poste, le serviteur dormait sur une chaise. D'un air très coquin, celui qui venait tout juste d'arriver sortit de sa poche arrière une petite plume d'oiseau sauvage qu'il avait ramassée en bordure de la route et chatouilla finement les narines de l'homme supposément en devoir. Ce dernier éternua et le réveil fut instantané.

Heureux de sa manigance, Lumick demanda à rencontrer le propriétaire des lieux. Des pas nonchalants allèrent s'informer pour revenir avec une réponse affirmative.

Après de multiples virages à l'intérieur de la résidence, le serviteur ouvrit une porte et invita Lumick à pénétrer dans une pièce assez sombre. Aussitôt cette porte franchie, elle se referma.

Quelques chandelles éclairaient l'espace. Un chaud brasier sous une marmite alimentait l'ébullition d'un liquide. Tout près, étaient déposées d'énormes cuillères de bois alignées pour des interventions culinaires. On voyait sur les comptoirs de vieux livres s'empilant les uns sur les autres et aussi toutes sortes de récipients de verre contenant des solutions aqueuses.

Derrière la vapeur sortant du volumineux chaudron de fonte, un homme s'affairait à mélanger certains produits :
« Ah, te voilà ! Viens ! » dit-il.

À ces paroles, le visiteur reconnut la voix de Maître Laozi.

En se dirigeant vers le vieil homme, Lumick eut un doute profond :
— Est-il en train de préparer l'élixir de vie ? Me suis-je trompé ? se demanda-t-il.
— Il me reste des ingrédients à ajouter... Tu veux brasser ce mélange ? interrogea celui qui concoctait une étrange potion.

Lumick accepta. En quelques minutes, le contenu de la marmite reçut plusieurs gouttelettes de liquide provenant de différentes fioles. S'ajoutèrent également une poudre verte, des racines de plantes et un produit violet gélatineux. Pour terminer la préparation, Maître Laozi articula un langage incompréhensible destiné à induire un effet quelconque à ce curieux potage.

« Voilà ! Laissons mijoter, maintenant ! » dit l'homme d'expérience.

Ils sortirent tous les deux de cette pièce insolite. L'air ambiant rafraîchissait la sueur de leur front. Maître Laozi invita Lumick à prendre le thé.

— Tu as quelque chose à me dire ? demanda l'hôte, après une première gorgée.
— Puis-je savoir d'abord ce que vous étiez en train de préparer dans la marmite ?

— Oui, bien sûr. C'est une potion qui aide à garder certains organes du corps en santé et à les rendre moins sujets à la maladie.

— Ah bon ! dit Lumick.

— Alors dis-moi, pourquoi es-tu revenu à Quendu ?

— Eh bien… je crois maintenant savoir ce qu'est l'élixir de vie.

— Ah oui ?

— Je l'ai fortement ressenti en moi. L'élixir de vie est l'énergie produite par la rencontre du Masculin et du Féminin. Chaque fois que le soleil rencontre la lune dans sa dimension la plus pure, il se produit une étincelle et une réunion féconde à l'intérieur de soi.

Heureux d'entendre ces paroles, Maître Laozi enchaîna : « C'est bien… très bien. Il te fallait trouver par toi-même. Pour ajouter à cela, je vais simplement te dire ceci : nul besoin d'un contact physique pour ressentir l'élixir de vie. On peut y arriver par la seule pensée, qu'importe l'âge. »

Une fierté chevaleresque apparut sur le visage de Lumick. Après tant d'années de péripéties, il avait enfin éclairci un mystère vieux comme le monde.

L'excitation du moment l'incita à demander :

— Pouvez-vous me parler aussi de la pilule d'immortalité ?

— Je te propose plutôt que l'on en reparle demain. Tu peux passer la nuit ici, si tu veux.

— Oui, bien sûr, j'accepte volontiers ! dit joyeusement Lumick.

* * * * *

Malgré le confort des lieux, une insomnie fébrile empêchait les paupières de Lumick de se fermer. La noirceur semblait se plaire à rester fixe, ayant perdu sa capacité à entraîner le sommeil. Mais comment dormir quand l'heure est au réveil de tous ses sens ?

Il touchait enfin au but ultime de sa quête. Ce qui fut trop longtemps du domaine de l'imaginaire et de l'impalpable prenait maintenant l'allure d'une réalité concrète. Tellement de fois le doute et l'incertitude l'avaient envahi pendant que l'obscurité de la nuit jetait un voile sur sa conscience. Tellement de fois il avait perdu la trace de son soleil intérieur au milieu de l'air nocturne. Tellement de fois il avait vécu le désespoir à la perdition de sa propre Lumière.

Maintenant, il savourait un triomphe. L'ombre déposait les armes et signait en cet instant sa propre reddition. Même en pleine nuit, désormais il faisait jour.

Tôt le matin, Lumick se sentait frais et dispos malgré le peu d'heures vouées au repos inconscient. Après avoir mangé quelques fruits, il alla sur le balcon qui surplombait le village de Quendu. Des enfants s'amusaient dans ce qui semblait être une cour d'école. La plupart des maisonnettes possédaient une luxuriante végétation où s'élevaient des bananiers et des manguiers.

Peu de temps après, Maître Laozi apparut. Décidément, cet homme n'en finissait pas de le surprendre. Un vêtement aux couleurs de l'arc-en-ciel épousait les formes de son corps et un chapeau triangulaire trônait sur sa tête. Sa barbe blanche se transformait maintenant en une longue tresse sur le devant.

Ils entamèrent une discussion et, comme la coutume le voulait, une boisson chaude leur fut servie.

— Tu vois cette énorme pierre là-bas ? dit Maître Laozi, en montrant à Lumick une forme grise de la hauteur de trois hommes et qui reposait sur le sol.

— Oui, je la vois.

— Quel âge a cette pierre, tu crois ?

— Hum… difficile à dire.

— Pour nous, les humains, elle existe depuis des centaines ou des milliers d'années, mais en réalité, elle n'a pas d'âge. En elle vit quelque chose qui ne meurt pas, qui se relie à l'immortalité.

Les yeux de Lumick s'écarquillèrent car ce dernier mot sonnait des cloches en lui. La résonance du carillon provoqua alors une subite clairvoyance :

— S'il en est ainsi pour les pierres, cela veut dire qu'il en est de même pour nous ? dit-il.

— Tout à fait. En chaque être humain vit une flamme divine qui ne meurt jamais et qui porte le flambeau de l'éternité, répondit le plus âgé.

Constatant que son vis-à-vis absorbait très bien chacune des syllabes prononcées, le sage homme poursuivit :

— La pilule d'immortalité est en fait une expression désignant l'état de jeunesse éternelle.

— Mais comment atteindre cet état ? demanda Lumick.

— C'est là toute la complexité de la chose et les mots sont bien faibles pour expliquer ce phénomène.

Longeant la balustrade du balcon, Maître Laozi garda le silence en s'éloignant quelque peu et revint ensuite près de son invité.

— En fait, la chose la plus importante est d'aller au-delà du mensonge, dit-il.

— Le mensonge ? Mais de quoi parlez-vous ?

— Je ne peux t'en dire plus pour l'instant. C'est déjà beaucoup pour aujourd'hui… Reste ici le temps que tu voudras. Tu es le bienvenue.

— Merci de votre hospitalité, dit Lumick, un peu désarçonné.

Puis le vieil homme se retrancha dans sa résidence.

Se grattant la tête, Lumick se demandait bien ce que Maître Laozi avait refusé d'aborder aujourd'hui. Il ressentait néanmoins une grande reconnaissance envers cet homme qui possédait un bagage important de Savoir et qui semblait de la même lignée que Jhinyu Lama et le Grand chef Wakata. Sans doute transportait-il une sagesse ancestrale en lien avec les mystères du passage de l'être humain sur Terre.

Cette notion de jeunesse éternelle méritait de prendre un certain temps pour en creuser l'énigme. Il décida ainsi de rester sous le même toit que Maître Laozi à tout le moins pendant quelques jours.

Depuis son départ de Tsurphu et des hauts plateaux himalayens, Lumick avait eu une certaine difficulté à retrouver pleinement l'état intérieur de paix qui le caractérisait lorsqu'il habitait au monastère de Jhinyu Lama. La descente des hautes altitudes avait entraîné une certaine baisse dans sa capacité d'élévation, surtout parce que les priorités de survie l'avaient amené à se confronter davantage à la lourdeur et à la densité de la matière. Il en était résulté une plus grande difficulté à se connecter à son essence divine, à sa réelle identité, à Ayrus.

En plus d'un hébergement, Maître Laozi semblait lui accorder un temps pour retrouver une meilleure accessibilité à sa vraie nature. Il était d'abord Ayrus, avant d'être Lumick. Le contraire n'apportait que trop de désordre intérieur.

Dans sa chambre, une étagère avec quelques bouquins rappelaient à l'invité la grande bibliothèque de Tsurphu et le Livre de la Connaissance. Il se souvenait aussi des enseignements de Jhinyu Lama au moment de son départ des hauts plateaux himalayens. Ce Livre se trouvait d'abord à l'intérieur de Lui. Ayrus décida de s'en servir pour éclaircir ses questionnements.

Il médita ainsi sur le mensonge. Dans un moment de profonde quiétude, son regard se tourna vers une intériorité objective. Sa clairvoyance fit apparaître le Livre sacré et des pages se feuilletèrent assez rapidement. Une forme d'intelligence arrêta ensuite le mouvement pour mettre en évidence la blancheur d'un papier. De l'encre noire se mit à écrire des mots : *Ce n'est pas parce que l'on naît que l'on est obligé de mourir.*

Respirant lentement, Lumick enregistrait bien cette lecture. Autre chose apparut : *Le mensonge est d'accepter que l'être humain n'est que mortel.*

À ce moment, son corps reçut une dose importante d'énergie pour en hausser le taux vibratoire. Une compréhension physique voulait alors s'inscrire et permettre à sa globalité d'en saisir pleinement le sens.

En soirée, il partagea avec Maître Laozi ses dernières trouvailles. Le sage homme poursuivit l'entretien :
« Sois vigilant car bien des croyances qui t'ont été inculquées sont fausses et veulent faire de toi un être mortel... Le mensonge est sournois et s'infiltre facilement. On ne peut toucher à la vérité qu'à la condition de le transcender. »

Dans un élan rempli d'authenticité et d'exactitude, Maître Laozi articula pleinement :
« Et la vérité, c'est que tu transportes en toi l'immortalité et la jeunesse éternelle. »

Lumick acquiesça en inspirant ces paroles. L'homme à la longue barbe continua la discussion :
— Tu sais, avant de naître sur Terre, nous ne sommes que Lumière. La mort physique n'est qu'un passage qui permet de retourner complètement à cette Lumière.
— Le plus grand défi pour tous et chacun serait-il de retrouver ici-même, sur Terre, cette Lumière ? demanda Lumick.

– Tout à fait. Entre la naissance et la mort, cette Lumière vit toujours, en aucun moment elle ne s'éteint. Seulement, nos propres limitations humaines peuvent facilement nous faire croire que cette Lumière n'existe plus ou qu'elle est trop difficilement accessible.

Maître Laozi fit une pause de quelques secondes, puis ajouta :
– En se reconnectant pleinement à cette Lumière en soi, on retrouve la vérité et l'immortalité. Ainsi, on ne meurt jamais.
– Et pour cela, il faut aller au-delà du mensonge, dit Lumick, en se parlant à lui-même.
– Voilà, tu as compris, dit Maître Laozi.

Ne prolongeant guère la discussion, chacun repartit ensuite dans le refuge de sa chambre.

Le lendemain, Lumick en profita pour explorer à pied les environs de Quendu. La température se prêtait bien à une telle randonnée. Seuls quelques nuages parcouraient le bleu du ciel. Les chemins campagnards l'amenèrent à rencontrer des habitations isolées d'où surgissait parfois une vie familiale active.

En début d'après-midi, alors qu'il revenait tranquillement vers son point de départ, des mots apparurent soudainement dans ses réflexions : « Le mensonge n'est fait que d'ignorance. »

À cet instant précis, Lumick sut. Il comprit que la perception illusoire d'une finalité dans la mort provenait de l'ignorance de sa véritable identité. Chaque fois qu'il perdait le contact avec sa nature divine, c'est-à-dire avec Ayrus, il devenait un être mortel soumis au poids de la gravité et du temps. Cette déconnexion nourrissait le mensonge.

Pour atteindre l'état d'immortalité, il fallait donc intégrer totalement la conscience d'Ayrus dans le corps physique de Lumick. Ce processus complexe demandait l'assimilation cellulaire de sa réelle identité.

* * * * *

Le vagabond voyageur possédait maintenant la Connaissance de la pilule d'immortalité. Cependant, l'insertion complète de ce Savoir dans son véhicule physique n'était nullement chose acquise.

Au cours des jours qui suivirent, Maître Laozi lui demanda régulièrement de l'accompagner pour cuisiner différentes potions à visée thérapeutique. Lumick-Ayrus apprit la façon d'apprêter certains aliments et aussi de préparer les liquides contenus dans les fioles. Les étapes pour obtenir ces solutions aqueuses demandaient rigueur et grande précision car le moindre degré d'impureté risquait fortement de gâcher le produit final.

Un soir, alors que l'air frais remplaçait l'humidité du jour, il perçut qu'une boucle venait de se boucler. Malgré la richesse de l'apprentissage fait jusqu'à maintenant au contact de Maître Laozi, il était temps pour lui de retrouver sa bien-aimée. Il en fit part à son hôte et annonça son départ pour le lendemain.

Un soleil radieux se leva pour assister aux salutations entre les deux hommes. Lumick exprima toute sa gratitude pour l'accueil et surtout pour la révélation de mystérieux secrets. Ils se donnèrent une vibrante accolade.

Celui qui reprenait la route s'éloigna ensuite tranquillement du petit village de Quendu. Le passage auprès de Maître Laozi lui avait enfin donné le sens réel de sa quête et apporté les précisions tant souhaitées depuis de nombreuses années.

À mi-chemin, une surprise l'attendait. Ayant pressenti à distance son retour, Yueliang avait pris l'initiative d'aller à la rencontre de son amoureux. Lumick redécouvrit la tendresse de ses yeux et la peau de soie enveloppant ses mains finement taillées. Le bonheur de revoir l'autre se lisait en chacun d'eux.

De retour à la maison familiale, tous furent bien contents de revoir celui qui faisait partie des leurs. On l'aimait et il les aimait. Pour l'homme adopté, cette terre d'accueil se voulait d'une très grande générosité.

Les jours suivants, Lumick reprit ses tâches à l'atelier de sculpture. Le biseau amenait l'exploration de nouvelles formes qui apportèrent des résultats très différents. Même si ses œuvres ne ressemblaient guère aux précédentes, on pouvait sentir une continuité dans le cheminement de l'artiste de par sa créativité qui se renouvelait sans cesse.

* * * * *

Les semaines, les mois, les années passèrent. Plus Lumick-Ayrus touchait à sa fibre créative, plus il devenait un créateur et plus il s'imprégnait du Créateur. Ses gestes et paroles apprenaient à se laisser influencer par un courant d'unification avec les énergies universelles.

Ainsi, dans un lien difficilement explicable, à certains moments la créature communiait avec le Créateur et le Créateur émanait à travers la créature. Lumick retrouvait alors son propre soleil intérieur, Ayrus, qui se manifestait au contact d'une Lumière qui se voulait celle d'avant sa naissance et qui n'était autre que son immortelle figure.

Un lien de plus en plus solide se rétablissait donc entre Lui et le Créateur, entre Lui et la Source, entre Lui et le Père. Même qu'à certains moments, le soleil dans le ciel se servait de Lui comme miroir pour se regarder. La mort n'existait plus.

Un souvenir lointain fut ramené à sa partie consciente. Il se rappela certaines croyances véhiculées dans son village natal à l'époque de son adolescence. Une structure en place prêchait des enseignements d'un grand prophète, ayant vécu plusieurs centaines d'années auparavant. On y parlait de résurrection, de vie éternelle et du Royaume des Cieux ne survenant qu'après la mort.

Ayrus comprit. Les dires de l'illustre prophète avaient sans doute été mal interprétés. L'infiltration du mensonge au fil du temps semblait avoir causé la perte d'un sens universel.

La sève de l'élixir de vie et de la jeunesse éternelle se répandait ainsi dans tout l'organisme d'Ayrus. Toutes formes de raideurs se transformaient en souplesse et dextérité. Lui qui, sur le continent Noir, avait perdu une bonne quantité de cheveux, voyait maintenant apparaître sur son cuir chevelu une vigoureuse repousse.

*   *   *   *

Une nuit, alors qu'il dormait aux côtés de Yueliang, une agitation peu habituelle secoua l'inconscient d'Ayrus. Son dos se mit à transpirer jusqu'à mouiller les draps de coton. Il se réveilla soudainement, tout effrayé. Sa compagne sortit du même coup d'un état de sommeil :
— Ça va ? demanda-t-elle.
— Euh, oui… désolé. J'ai fait un mauvais rêve. Tu peux te rendormir, dit-il, haletant.

Ce qu'elle fit rapidement. Lui, par contre, s'habilla pour sortir et goûter à l'air nocturne.

Ayrus se rappelait les images de son rêve et la conversation entre les principaux personnages. En regardant le ciel, il essaya d'établir le contact avec une des étoiles pour l'aider à interpréter cette dernière excursion onirique. Mais rien. Aucune réponse. Elle ne faisait que s'accrocher au firmament en restant complètement immobile. Un nuage invisible brouillait les ondes.

Perturbé, il retourna tranquillement se coucher et mit du temps avant de se rendormir. Yueliang l'interrogea au lever mais elle reçut peu de commentaires. Des peurs inconscientes préféraient repousser et même oublier.

La nuit suivante, alors que le couple endormi était allongé, quelque chose se tramait du côté d'Ayrus. Le même rêve apparut. Une semblable agitation s'empara de lui, mais avec des impulsions beaucoup plus vigoureuses. Cette fois, l'énervement instinctif le fit rapidement s'asseoir dans le lit : «Non ! ! » cria-t-il.

Yueliang fut apeurée par ce hurlement qui transperça le silence de la nuit. Elle s'aperçut aussitôt que son compagnon sortait à nouveau d'un cauchemar et le rassura doucement. Jamais elle ne l'avait vu ainsi.

L'insomnie tendit son appât jusqu'au lever du jour et Ayrus mordit dedans. Un coq chanta à l'aube, alors qu'il s'activait déjà à l'atelier de sculpture.

La journée fut longue, très longue. Fortement préoccupé, il se réfugia durant l'après-midi sur la petite colline près de la maison familiale. Plus que songeur il était. Le rêve de la veille se répéta, cette fois-ci avec plus de détails. Il pouvait choisir de l'ignorer mais assurément, le même trouble nocturne ne ferait que revenir de façon plus incisive.

Puis, à chaudes larmes, Ayrus pleura. Il se rappelait ce cheval qu'il avait tant aimé, Éclair Noir. Ce pur-sang qui le conduisit jusqu'au désert. Il fallut, malgré l'attachement, se fermer les yeux et l'abandonner à la vie, le perdre sans connaître immédiatement de gain en retour. C'était l'écoute d'un ordre venant d'En-Haut, qui à première vue semblait de l'idiotie.

L'humidité des pleurs s'évapora tranquillement. Il perçut ensuite quelque chose de familier, une présence réconfortante.

C'était le Père. Tous les deux se mirent à discuter et une ligne directrice ressortit de cet entretien. Le choix appartenait à Ayrus. Il conservait son libre arbitre.

Des pas se firent entendre. Yueliang terminait la montée de la colline. Son visage apparut, plutôt inquiet. Connaissant bien l'homme devant elle, sa voix exprima un pressentiment :
— Toi, tu as quelque chose à me dire.
— En effet, finit par dire Ayrus, en quittant son regard.
— Que se passe-t-il ?
— C'est concernant ce rêve... dit-il, n'ayant pas le goût de poursuivre la phrase, comme s'il cherchait à gagner du temps.
— Eh bien, dis-moi.

Visiblement ému, plusieurs secondes s'écoulèrent avant qu'il puisse verbaliser sa pensée :
«Depuis quelque temps, j'appréhendais ce moment... Au cours des deux dernières nuits, j'ai fait le même rêve qui m'annonce que le roi du village de mon enfance est toujours en vie, mais que dans un avenir plus ou moins rapproché, il risque fortement de tomber gravement malade. Là où je veux en venir, et c'est difficile pour moi de dire cela car mon cœur saigne à l'idée de ne plus te voir, mais il semble qu'il me soit préférable de retourner là-bas», dit Ayrus, avec une douleur qui s'enfonçait dans sa poitrine.

Les yeux de Yueliang trahissaient un surplus d'émotions. Elle répondit :
«Tu sais, moi aussi j'appréhendais ce moment... et je savais qu'un jour il viendrait. Je m'y prépare depuis longtemps. Si tu veux, je pars avec toi.»

Bien que dans ses profondeurs il désirait entendre ces mots, Ayrus eut le réflexe de s'objecter :

— Là où je suis né, c'est loin, très loin, et s'y rendre veut dire aussi quitter les tiens et probablement ne plus les revoir.
— Je sais... répondit Yueliang, éclatant en sanglots.

Les deux se consolèrent mutuellement face à cette nouvelle croisée des chemins.

* * * * *

Depuis plus d'un an, un frère de Yueliang l'accompagnait dans son travail de sculpteur et se voulait tout désigné pour prendre la relève. Il évoluait déjà de façon presque autonome. Son autre frère prenait charge de la production agricole, ce qui permettait à la famille de combler ses besoins de subsistance.

Ayrus et Yueliang attendirent quelques jours avant d'en parler à leur entourage, question de mûrir leur décision. Puis, quand ils sentirent le moment opportun, la nouvelle fut annoncée, non sans peine. Tous ressentaient le chagrin et le vide d'un départ.

Pour Ayrus, c'était bien plus que de la tristesse. Après sa longue traversée du désert, il avait connu à tour de rôle Jaïsalmer, Tsurphu et les hauts plateaux himalayens, puis le territoire des Hans. Ces contrées portaient en elles la saveur et l'odeur de traditions où l'être humain résonne avec une sagesse originelle. À maintes reprises, il avait vécu un sentiment d'appartenance en foulant ces terres, lui permettant ainsi de retrouver un sol portant l'emblème de sa propre reconnaissance divine.

Durant son adolescence, alors qu'Ayrus vivait chez ses parents, régulièrement il se sentait comme un étranger en son pays. Partir de son village natal ne fut pas un exil; au contraire, sans le savoir, il s'en allait chez lui. L'exil, c'était plutôt de repartir maintenant là où il avait vécu ses premiers pleurs.

Refusant de revenir sur ses pas et souhaitant plutôt aller de l'avant, Ayrus préféra suivre la route en direction du soleil levant, avec l'accord de Yueliang. Comme la Terre empruntait la forme d'un ballon, il espérait ainsi revenir à l'endroit où son aventure avait commencé sur cette planète.

Cintémyle

Au cours d'un avant-midi ensoleillé, un homme d'âge avancé labourait les champs. Son expérience dans ce genre de travail permettait d'optimiser chacun de ses gestes pour obtenir un maximum d'efficacité avec un minimum d'effort. Certains malaises au dos le contraient à s'arrêter parfois pour quelques minutes, le temps de récupérer. Sa résistance physique n'était plus la même qu'avant, lui qui toute sa vie avait soutiré à la terre les récoltes saisonnières et veillé aux bons soins des animaux de la ferme.

Son corps cherchant à solidifier un appui au sol, il s'accota légèrement sur sa bêche pour s'offrir un instant de répit. Il aimait prendre le temps de simplement regarder au loin. Ses pensées se projetaient au-delà des quelques montagnes qui ondulaient à l'horizon. Il ignorait tout ce qui s'y passait derrière, mais en même temps une partie de lui y voyageait.

Alors que ses yeux balayaient le paysage, la silhouette d'un homme apparut à l'avant-plan et sembla se diriger vers lui. Plus ce contour humain approchait, plus certains détails montraient leurs formes avec précision. Il portait une tunique beige et des pantalons de la même couleur. Une barbe foncée recouvrait une partie de son visage et de longs cheveux descendaient jusqu'à ses épaules.

L'homme dans les champs se demandait bien qui était cet étranger alors que ce dernier avançait d'un pas de plus en plus hésitant. Il ne correspondait à aucune figure connue. Rendu près de lui, après des salutations, l'inconnu demanda avec une émotion dissimulée :
« Vous souvenez-vous, il y a de cela bien des années, vous récoltiez les légumes avec un de vos fils et ce dernier vous a dit : *"Un jour, je serai roi et j'habiterai un château ?"* »

L'homme à qui s'adressaient ces paroles fut complètement sidéré. Avant que ne survienne une autre réaction de sa part, l'étranger ajouta d'une voix tremblotante :

« Eh bien… me voici. »

La surprise fut telle que son vis-à-vis en oublia de respirer. La bêche tomba au sol.

— Lumick, c'est toi ?
— Papa !

Très émus, ils se regardèrent quelques instants avant de se jeter dans les bras un de l'autre. L'espoir impalpable se concrétisait enfin. Tous les deux étaient vivants après une aussi longue période d'éloignement. Des cris de joie montaient vers le ciel.

Se demandant quelle était la cause de cette excitation, des adultes et des enfants se propulsèrent à l'extérieur de l'habitation principale. Le paternel s'époumona à leur proclamer l'heureuse nouvelle. Tous accoururent auprès des deux hommes et virent la réalité d'un délire apparent. Celui pour qui maintes prières furent prononcées se manifestait en chair et en os.

Juste avant que ce joyeux rassemblement quitte les champs, Ayrus fit un grand signe de la main. Au loin, celle qui observait la scène derrière quelques arbustes sortit de son repère. Yueliang rejoignit le groupe et tous l'accueillirent très chaleureusement.

Beaucoup d'émotions entourèrent les célébrations de ces retrouvailles. Des paroles furent échangées pour exprimer tout le bonheur de revoir le grand voyageur. Parfois, seul un toucher suffisait. Ce besoin semblait presque omniprésent pour s'assurer de la véracité de son retour. L'homme devant eux était bien le jeune adulte qui un jour était parti innocemment de leur foyer. Que de différences ! Son habillement, sa démarche, cette masse de poils dans la figure... Mais au-delà de l'apparence, une maturité peu commune imbibait ses gestes et chacun de ses mots.

En plus du chef de famille, Ayrus retrouva sa mère toujours aussi jeune de cœur malgré un corps vieillissant. Il fut très heureux de revoir son frère aîné qui prenait maintenant charge du bon fonctionnement de la ferme et qui habitait avec sa progéniture sous le même toit que les parents.

Peu de temps après l'arrivée d'Ayrus, une femme visiblement essoufflée se présenta sur les lieux. Informée de l'imprévu tant espéré, elle avait accouru. C'était sa sœur. Aucun mot ne pouvait traduire l'euphorie de retrouver son frère après plus de vingt ans d'absence. Celui dont elle avait senti si longtemps le vide laissé après son départ revenait enfin auprès d'eux.

L'heure se voulait donc à la fête. Tous se réjouirent. La nouvelle de son retour se répandit comme une traînée de poudre, et ce dans tout le village de Cintémyle.

$$* \quad * \quad * \quad * \quad *$$

Trois jours après son arrivée, Ayrus questionna les membres de sa famille concernant le roi :
— Est-il toujours vivant ? demanda-t-il.
— Oui, mais des rumeurs circulent sur son état de santé. Certains disent qu'il est malade, dit son frère.

Le lendemain, Ayrus se dirigea en solitaire au château du roi. En cours de route, des souvenirs remontaient à sa mémoire. Celui, entre autres, de cette rencontre avec le monarque, alors qu'il avait reçu quelques pièces d'or juste avant de partir vers l'inconnu.

Rendu aux portes du château, quatre gaillards aux muscles nettement découpés montaient la garde et se trouvaient en face de lui. Questionnant le visiteur sur le motif de sa venue, ils eurent comme réponse :

« Je viens remettre au roi ce qui lui appartient », dit Ayrus.

Devant cette réponse inattendue, ils se regardèrent un peu bêtement. Voyant que l'individu devant eux semblait totalement inoffensif, ils lui cédèrent le passage en ouvrant deux immenses portes. Aux bruits de celles-ci, un serviteur se présenta et demanda à Ayrus d'enlever ses chaussures pour en mettre de nouvelles. La consigne voulait que l'on ne ternisse pas la brillance du plancher avec une quelconque poussière venant de l'extérieur. Le roi, semble-t-il, devenait fou furieux lorsqu'il percevait la moindre trace de saleté.

Ayrus regardait autour de lui et se sentait bien étrange. Même si beaucoup d'années le séparaient de son premier passage à l'intérieur de ces murs, le passé rejoignit le présent au cours d'un bref instant. Il se rappelait la forte impression et l'étonnement qu'il avait vécus au contact de cette extravagance matérielle. Les lustres dorés, les statues de bronze et les rampes d'escaliers diamantées apportaient à l'œil un décor majestueux. Cependant, loin de renier la beauté des lieux, il sut ce qu'il savait déjà. La richesse, la vraie, se trouvait ailleurs.

Le visiteur entra dans la salle d'audience, là même où il avait rencontré le roi lors de sa visite initiale. Au fond, en haut de quelques marches, siégeait un homme sur son trône. Le teint pâle et des yeux vides laissaient entrevoir une grande fatigue. En s'approchant, Ayrus perçut une énergie grisâtre autour du corps. Définitivement, il ne lui restait que peu de réserves en matière de vitalité.

— Votre Majesté, cet homme demande à vous voir, dit le serviteur.

— Je vous avais pourtant dit de ne pas me déranger, rétorqua le roi, mollement assis.

— Euh... je sais, mais il semble que ce soit important, ajouta nerveusement le domestique.

— Bon. Alors, qu'y a-t-il ?

— Je viens dans le but de remplir le serment que j'ai fait il y a de cela bien des années, dit Ayrus.

— Le serment... mais quel serment ? répondit le monarque, en relevant péniblement son tronc.

— Celui de ramener les secrets de l'élixir de vie et de la pilule d'immortalité.

— Ah ! ça ! s'exclama le roi, d'un air moqueur. Tu oses ainsi revenir après tant d'années ! Savais-tu que d'autres sont venus avant toi en me disant la même chose et en m'apportant toutes sortes de potions ou de pilules qu'ils disaient miraculeuses ? Mais rien, toujours rien. Tout ce qu'ils voulaient, c'était la récompense promise... Ils ont appris que mentir au roi est lourd de conséquences. Je les ai fait enchaîner et mettre au cachot avec pour seule compagnie des rats. Alors, as-tu encore quelque chose à me dire ?

— Oui, répondit Ayrus, gardant la maîtrise de lui-même.

— Qu'as-tu donc à me faire boire ou avaler ?

— Rien.

— Rien ? dit le roi, cherchant à comprendre.

— L'élixir de vie et la pilule d'immortalité ne sont pas sous forme liquide ou solide. Ils s'obtiennent quand, à l'intérieur de soi, on se nourrit d'or et de pierres précieuses.

— Quoi ?! Mais qu'est-ce que c'est que cette histoire ? L'or n'a de valeur que parce qu'il me rend riche ! Il ne peut exister autrement !

— C'est faux, dit Ayrus, d'un ton calme et affirmatif.

Le roi, qui s'emportait toujours quand un individu osait le contrarier, ne fit guère exception cette fois-ci. Malgré son état de faiblesse, il réussit tout de même à crier :

« Gardes ! Gardes ! Amenez cet imposteur au cachot ! »

Aucun homme armé ne se trouvait dans la salle. Cependant, à la suite des hurlements répétés du roi, on entendit derrière les murs une agitation se dirigeant à la défense du chef encore incontesté.

Pendant ce temps, nullement affecté par ce courant de panique, celui se trouvant près du serviteur respira profondément. Il se branchait à Lui-même, à Ayrus. Oubliant les bruits autour, il plongea dans une intense communion pour laisser place à une présence désirée. Il unifiait sa destinée à celle déjà choisie. Chacune de ses cellules vibrait maintenant à une fréquence très élevée.

Dans un mouvement dynamique et concentré, sa colonne vertébrale se mit dans une rectitude et ses yeux se révulsèrent. Ayrus n'entendait plus que le silence d'un lien solide. Un chaud courant envahit l'intérieur de son thorax d'où surgit une lumière se propulsant avec force. Une partie du contour humain épousa la vigoureuse poussée énergétique en perdant ses délimitations habituelles. Le soleil pour un instant quitta le ciel pour se transposer dans la salle d'audience du roi.

Les gardes arrivèrent dans un élan de confrontation mais devant un tel scénario, tous, sans exception, se protégèrent les yeux avec leurs mains tellement la brillance les aveuglait. Leurs armes tombèrent d'elles-mêmes sur le sol.

L'enveloppe physique d'Ayrus, qui flottait verticalement à quelques centimètres du plancher de céramique, se redéposa doucement en établissant le contact avec la surface durcie. De façon simultanée, l'émission lumineuse baissa progressivement. Il reprit conscience de son environnement immédiat.

Ébahies, les quelques personnes qui assistèrent à l'événement restèrent complètement bouche bée. Dans un geste sans précédent, le roi se mit à genoux.

« Tout mon royaume t'appartient », dit-il.

L'homme devant lui s'approcha :
« Je ne veux nullement de ton royaume. Tout ce que je désire, c'est la liberté d'enseigner à ceux et celles qui voudront bien écouter. »

Le roi acquiesça. Pour la première fois de son existence, il vivait une situation qui demandait une dose considérable d'humilité.

Ayrus se retourna ensuite pour marcher en direction de la sortie. Les témoins de la scène le regardèrent passer près d'eux avec des yeux remplis d'émerveillement et de questionnements. Mais qui était-il ? D'où provenait-il ?

Le soleil ayant repris sa place dans le ciel n'était pas encore couché que tout le village et même d'autres autour apprirent l'événement qui venait tout juste de secouer les murs du château.

Ainsi, au cours des semaines et des mois qui suivirent, tel qu'il le souhaitait, Ayrus enseigna régulièrement à un nombre de plus en plus imposant d'auditeurs.

Fidèle au rendez-vous, un homme prenait enfin la peine de sortir de son luxueux confort et de mêler sa propre vie à celle du peuple. En partageant sa couronne, le roi en oubliait même l'autorité et l'orgueil qui s'y rattachaient. Il découvrit qu'en devenant à l'intérieur de lui un paysan, il amorçait un processus de changement qui lui permettait de toucher vraiment à la royauté.

Beaucoup plus tard

Des années passèrent, même plusieurs dizaines au gré des saisons. Les arbres ne semblaient nullement vieillir et possédaient la force de se renouveler sans cesse. À l'automne, ces êtres debout se déchargeaient de leurs feuilles et acceptaient de se mettre à nu, alors qu'au printemps une sève vierge montait dans leurs veines et leur permettait d'exposer une nouvelle parure.

Sur l'échelle du temps linéaire, un siècle, puis deux, puis trois, et même quatre s'étaient vécus dans l'histoire humaine depuis l'événement de la salle d'audience du château du roi. Ayrus ne comptait maintenant plus les années.

Des gens venaient encore le voir pour certains conseils. Malgré la pesanteur de son corps physique, il avait su maintenir la flamme de la jeunesse éternelle en lui. La peau ridée de son visage apportait une image trompeuse de l'état de fonctionnement de ses organes. Chaque cellule se nourrissait continuellement d'un délicieux nectar en gardant actif le processus de régénération. Quand il se regardait dans le miroir, il voyait parfois l'image de Maître Laozi, celui-là même qui l'avait initié aux secrets de l'élixir de vie et de la pilule d'immortalité.

Bien sûr, Yueliang manquait à Ayrus. Elle avait vécu le transfert de sa conscience à l'âge de trois cent quarante-huit ans. Sans avoir eu d'enfant, tous les deux avaient aidé à ce que d'autres naissent de façon plus subtile. Même si le temps entraînait une tendance à l'effacement des souvenirs, il savait qu'en quelque part dans le firmament, elle vivait toujours.

Ayrus sentait de plus en plus que l'accomplissement de son œuvre achevait, lui qui vivait sur la Terre depuis maintenant quatre cent soixante-douze ans. Il fut témoin de plusieurs générations d'hommes et de femmes avec des scénarios répétitifs.

Tant de guerres, tant de combats, tant d'incompréhension. La nature humaine ne faisait que retomber constamment dans son propre piège en se heurtant à l'ignorance de sa véritable identité.

Un jour, Ayrus entendit la voix de celui qu'il connaissait bien :
— Il est temps, maintenant, dit le Père.
— Oui, je sais, répondit-il.

Sans plus tarder, Ayrus avisa ses collaborateurs. Tous comprirent. Une dernière soirée leur fut donnée pour passer du temps en compagnie du sage vieillard qui en profita pour leur dire certaines choses :
« N'ayez point de peine. La mort n'est pas un événement malheureux. Si vous saviez la joie qui m'habite en ce moment ! Je ne fais que retourner là d'où je viens. »

Le lendemain, Ayrus se dirigea dans une forêt près de chez lui. De simples vêtements de coton l'habillaient et la pureté de l'air remplissait complètement ses poumons. Il s'assit sur l'herbe fraîche au milieu de ses amis les arbres. Un bouleau devant lui le salua.

Des peurs sournoises firent leur apparition dans une montée imprévue. Il devait maintenant abandonner le véhicule qui transportait sa conscience depuis tant d'années, ce corps physique servant de tremplin dans sa communication avec le ciel. Mais comment s'en détacher totalement ?

Le vent s'agita pour tenter de balayer cette dernière zone conflictuelle. Puis, à nouveau, plus vibrante que jamais, la voix du Père :
— L'heure est venue, dit ce dernier.
— Oui, mais j'ai peur. Me garderas-tu dans tes bras ? demanda Ayrus.

— Est-ce que le Père abandonne ses Enfants ?

— Non, jamais. Il n'y a que l'Enfant qui peut en douter.

— Ainsi, je serai toujours avec toi, où que tu sois, dit le Très-Haut.

Du coup, un nuage intérieur se dissipa pour faire place à un autre état, celui d'une quiétude rassurante. Plus rien maintenant ne faisait obstacle à l'envol définitif. Ayrus sut alors qu'il ne reviendrait plus sur Terre.

Un faisceau de lumière descendit jusqu'à sa tête. La ligne en direction du ciel ne fut jamais montrée avec autant de clarté. Il ne restait plus qu'à emprunter ce chemin.

« Viens ! » entendit-il.

Après un si long séjour sur le plan terrestre, on l'autorisait enfin à retourner à la Lumière. Un débordement extatique l'envahit. Aspirée fortement par une blancheur rayonnante, l'essence subtile se propulsa hors du véhicule physique à l'expiration finale. D'un commun accord, il fut transporté dans un autre univers.

Simultanément à cette ascension, l'enveloppe charnelle d'Ayrus se dématérialisa et disparut complètement. Plus aucune trace visible. Seuls quelques vêtements et une bague reposaient sur le sol.

Le voyage d'Ayrus sur la planète Gaïa venait de prendre fin.

Le voyage d'Ayrus est la première création littéraire de l'auteur. Il se veut une introduction aux deuxième et troisième ouvrages, qui s'intitulent *La Magie des Étoiles* (tomes I et II).

Ces ouvrages sont bien différents du premier. Ils mettent en relief des enseignements provenant des traditions ancestrales, particulièrement celles de l'Inde ancienne, des Tibétains, des Taoïstes et des Amérindiens.

* * * * *

Pour en savoir davantage sur l'auteur et connaître ses activités, voir le site Web suivant :

www.martinmoisan.com